上帝只有一个 就是人类

自由日记 1936

ZIYOU RIJI

K.S.FONG 著

山西出版传媒集团
三晋出版社

自由日記

自由日記

商務印書館發行

世界上有道了我是人類

今日是遠東不宣而戰的第幾日

失敗並不是完結而是新的成功的開始

Mar 3.36

K S Fong

Jan 20.36

上帝只有一个，就是人类。

今日是远东不宣而战的第几日。

失败并不是完结，而是新的成功的开始。

K. S. Fong

血雨腥風又一經　山河寒處休登臨

極目天海空闊處　雲泡何處是長城

鼙鼓紛紜聲不闌　河門極目淚已潸

應向昊天祈壽骨　驅馬還我好河山

口號暮書懷

一·廿

血雨腥风又一经，山河零落休登临。
极目天海空阔处，云关何处是长城。
鼙鼓纷纭岁又阑，关川极目泪已潸。
应向胡天矜奇骨，鞍马还我好河山。

岁暮书怀

吳淞河岸的一二八四周紀念又復在親善提携聲
中度到臨了這頃刻甜蜜的人間我們在檢討這四
年間的一切怎能不在慚愧外另起了痛心的
內疚 民族創痛的重新回顧是予我們內心以嚴重
的刺激歷史可寶的經示更予我們以精神上的鞭
撻回顧這四年間那在五三我人以重大的刺激熱河
長城的抗戰經多路歷史上多予轟擊破碎的貢獻華察
北的淪陷以為是敵人大陸政策中的圓則而今年
華北的陰暮風雲內蒙的醜劇搬演以及青魯離心運動
強奸式的偕生中日貿易協會偏面的買賣又何是獨
立國家所能忍受值茲創深痛鉅的一二八紀念五周
安能無慨 猶憶在一二八的當時我把手中的刀已極盡

自由日記

屈辱的[illegible]了条款也不辞，竟欲实践其向中国侵略
北的诺言，率众侵寇，虽率我华奋勇，敌气方
夺，守可虽。今日江湾道上之累累荒土，又何不是敌人所
赐的。丁兹节日，展望未来，则今日之华北、华中以至
华南，实均已演着一二八之前夜。倘敌人为反苏起见而
欲完成其大陆政策，以策我为粮栈，那末不论何时何
地，实均有重蹈浩劫之可能。但憧憬既往的陈迹
易表，把握住现实，我民族已往所受之教训，则不当忘
反帝战中心有何意，稽上，要我们是坚持，那末阿比西
尼亚的奇迹很快地就将在东北重演。一二九八
继一二八夜间北中忠勇战士的英烈抗战以至于五
一五停战协定，热河长城抗日之后，塘沽协定和去年

98.1.36

写在序之前

李鹏飞

《大公报》王芸生先生曾在1936年对一位日本外交界的人物谈起中日问题时说，过去数十年中，中国与日本的关系无论好或坏，都是整个的日本对付部分的中国。如甲午之战，名义上虽是中日战争，实际却是日本和李鸿章一个人打仗，中日两国虽正式宣战，北洋以外的中国实际并未参加，北洋以外的负责者，从内阁军机至封疆大吏，事实上差不多都在看李鸿章一个人的笑话。又如民国六七年的段内阁，和日本办了许多旁人所未办过的事，那可算是好的时候，但段政府所做的事，也只能代表段政府一系的势力，与国民全体简直不相干。现在情形不同了，中国国民已真正认识到国家的统一对于民族独立生存的需要。

这本日记正记录于1936年。从内容中隐约窥知，日记的作者K. S. Fong，并非断肢裂肤忍饥受冻，甚至在上海初引入游泳池便可一跃而入水中畅快，但这样快乐的日子并不多。更多的是忧懑，既有对国民政府忍让妥协的怒其不争，也热望着一场赤血浇铸黑铁的反抗，哪怕毁灭。

可不正是毁灭？国民政府对日宣战，70万国军集聚上海，在南翔通往嘉定的一条公路上被日本飞机轰掉了三分之一，胡宗南也是泅水才得以逃生。抗日大军元气大伤，此后八年竟未恢复，这才有了日军一路掩杀至南京、武汉、贵州，直扑重庆。

然而，毁灭的代价又何止于此？

是否不得不战？甲午海战前，也有此问？“养兵千日用在一时”，国难当头，耗资甚巨的北洋水师却在蕞尔小国面前藏头缩颈畏惧不前，简直岂有此理。

1936年，似乎历史又走进了一个轮回，举国上下要求收复失土将日人驱离国土的呼声高涨。12月，西安事变，似乎国民政府被逼至墙角，退无可退，再不打，不只民众不答应，官员不答应，连军队也不答应。

历史学者萧功秦先生据史料推断，即使在“七·七”事变后日本也并不准备发动一场全面战争，不过想在“满洲国”之后把永定河以东变成中国的“非军事区”，而以当时中国国民政府的实力，无论经济、社会、军事，都没有为战争做好最低限度的准备，是故国民政府采取“内敛的国防政策”，以退让求稳避战，秘密发展国防力量。

事实上，从1931年“九·一八”事变到1935年，国民政府悄然蓄积力量已小有所成，当时的德国已同意每年为中国训练并装备20个机械化师，倘若迟战5年，1940年的中国就会有100个现代化机械部队。

那年夏天，胡适之自美国参加太平洋学会归来在上海说，“现在证明，我们在‘九·一八’以后的五年的忍耐，完全没有错”。徐永昌也从军事角度极力反对，把炮位调整到位的最低限至少要半年。可是，都被视为藏头缩颈的软弱，一如甲午海战前那“正义之师”劈面的指责。日军扩张不断加码，国人高调、虚骄的民族主义情绪淹没了一切试图缓战的声音。最后，胡适之也只剩为“弱得连选择不打的权利都没有”的中国悲哀的余地。

事关国家民族万万生民，是忍辱负重强大自己待时而动，还是明知不敌仍要亮剑逞一时之英豪贸然开战？那些如19岁年纪的K. S. Fong一样呼号卫国的青年，究竟是文人报国还是书生误国，留待历史评判。

亡中国者中国人，救中国者中国人。“上帝只有一个，就是人类”，这行隽美的小楷竖写在深绿色日记本的扉页上，诚如其所言，中国军民用自己的血肉筑起来长城，用钢铁的意志和不屈的信念坚持了八年，终于看到腥红的太阳旗从中国的国土上西落，安静无声的日侨日俘乘着斑驳的老船驶返孤岛。

七十八年，多少壮士许国的硝烟和战火，多少再也不见的辗转流离，盛世凶年，一本不知底细的小人物的日记谁会细心保管？

可他究竟是走来了，他从历史深处走来，用一双涉世未深的眼，一支千斤之重的秃笔，透过枯瘦绝望的流民、凋敝且每况愈下的经济、歌舞升平的麻木和青年壮怀激烈的忧国热情，观照今之时代，遥远至于陌生。日记即将刊诸，希望诸公听听动荡年代里一个年轻人的自语，仿若在历史深邃的褶皱处投入一束微弱的光，照看个体在亡国之虞下的挣扎和思考，为塑画1936年青年人的心理和生存图象提供一些碎片，于今时今日，反思当代青年如何自处，如何与时代相处。

勒文森在《梁启超与中国近代思想》中说，每个人对历史都有一种感情上的义务，对价值有一种理智上的义务，并且每个人都力求使这两种义务相一致。

这本日记微末到不足道，却依然是逼近历史所不可少的，仅此而已，又不止于此！

2015年9月

序

谢 泳

日记在史学研究中占有重要地位。

一般史料学观点均认为日记属第一手材料，也就是说，在一般史料中最接近史源。当然日记有不同类型，有些名人日记，因为记日记时作者地位已有定评，且这些人也意识到自己未来的历史地位，所以他们的日记相对其它人的日记可能就多些讳饰，这是人性弱点所至，有时候倒不一定是作者有意作假。虽然有此疑虑，但在历史研究中，名人日记始终有重要地位。

我们眼前的这本日记是抗战爆发前一个上海中学生的日记，这是本书的时间定位。作者记录了自己当时的思想感受，特别是对时局的认识和判断。如果我们要了解一个青年在抗战前真实的思想状态，则这本日记是最好的史料，由此可看出当时青年所思所想。青年，人生刚开始，所以他们日记的一个特点是思考和议论多于事实记录，这是因他们生活阅历决定的，他们还在人生成长阶段，未进社会，交游不广，还是简单的人生，所以记事可能不一定丰富。但青年的特点是敏感和真率，他们能把自己真实的感想写出来，是这本日记的重要价值。我敢说如果将来有人要研究当时上海青年或者学生的精神状态，这本日记是最好的参考史料，我们由一般回忆录得到的感受，可能离真实历史会有距离，而这本日记是当时真实情感的自然流露，是其它史料不可替代的。

这本日记还真实记录了当时青年人的阅读情况，特别是巴金小说对青年人的影响有很详细的叙述。这个史料对巴金研究有非常重要的意义。我们判断作家作品对一个时代的影响，通常是以文艺评论和研究者的工作为依据，而一个读者记在日记中的真实感受，我以为更能说明作家及作品的广泛影响。日记中有关巴金小说的阅读感想，可以视为珍贵的巴金研究史料。

历史研究中对史料判断的一般规则是：传记不如年谱，年谱不如日记，日记不如原始档案，所以发现和出版日记历来是历史研究中极重要的学术工作。

2015 年 8 月 27 日于太原南华门东四条省作协

好，就从这里开始……

一

不堪回首的“一·二八”四周（年）纪念又复在“亲善”“提携”声中重又到临了，这欢歌酣舞的人间，我们检讨这四年间的一切，怎能不在深切地自愧外引起了痛心的内疚。

民族创痛的重触固足予我们内心以严重的刺激，历史事实的昭示实更予我们以精神上的难堪。回顾这四年间事，正在在予我人以重大的感触，热河长城的抗战徒多贻历史上各个击破的一页，冀东察北的沦陷只不过是敌人大陆政策中的一环，到而今，平津的阴恶风云、内蒙的丑剧搬演以及晋鲁离心运动，强奸式地催生中日贸易协会偏面的优惠，又何一是独立国家所能忍受，值兹创深矩痛的“一·二八”纪念，吾其妄能无慨。

犹忆在“一·二八”的当时，我地方当局已极尽屈辱的能事，奈敌也不谅，竟欲实践其四小时进占闸北的夸言，率众进寇，虽幸我军奋勇一击，敌气力夺，可是今日江湾道上之累累荒土，又何一不是敌人所赐予。兹节日展望来，兹则今日之华北、华中以至乎华南，实均已溃乎于“一·二八”之前夜，倘敌人为反苏起见，亟欲完成其大陆政策以夷我为粮栈台。那末，不论何时何地，实乃有重遭浩劫

之可能。

但憧憬既往的陈迹，曷若把握住改造现实的环境，我民族以往所受之教训只不过是反帝战中必有的过程，只要我们是肯牺牲，那末，阿比西尼亚①的奇迹很快地就将在远东重演。

1936. 1. 28

---

① 阿比西尼亚，埃塞俄比亚的旧称。

二

从“一·二八”夜闸北忠勇战士的英烈抗战，以至于“五·一五”停战协定，热河长城抗日之役、塘沽协定和去岁签订的华北协定，这其间经过的一切一切实无一不予我人以深刻的印象，但一年二年三年很迅速地过了整整的四个年头，我们除感到普通青年的一般通病外，更还有何言可说。

郁闷烦恼这普遍而广泛的青年病，原也是这病态社会所不能免的病象，但是病象的造成却仍不能不归咎于我们本身，因为倘若我们是浑浑噩噩以了此生，那末，一切的烦恼自早可抛向无何有之乡。可是这般的享乐我们却老是不能停止对于刺激的追求，竟永铭在我们并不能算是敏感的脑间，于是种种的苦闷遂似有目标地向我们丛集拢来。

生长在这时代里，刺激的追求似乎并不感到十分困难，那舞场歌榭、灯红酒绿，一切物质文明所赋予的生活上的享受，正在刺激我们青年人的身心，但我们所渴求的却并不是这样。那“一·二八”夜，闸北的炮声，八字桥庙外鏖战的热血，江湾道上的累累荒土，歇浦江畔离离的白骨，以及当时民族解放的呼声，世界反帝的高潮，战士和民众溶合在一起的掀天的力量，整个民族对于历史所负的黄天使命。可是这一切一切都在敌人利刃、毒药、强奸式的“亲善”下毁灭了，那可曾几度遭逢的刺激，你究将何时重临。

但民族解放的烈焰终究不是帝国主义和他的鹰犬们所能遏制，处在旦夕垂危下的平津青年，早已重树起民族反帝的大纛。虽狠如虎狼的日兵也因舆论的顾忌而不敢妄加干涉，只能在幕后主使他的犬鹰们作无理性的狂吠。可是这沸天的狂吠里，却正是包含着几许惨痛的事实，这惨痛的事实的揭露，定将掀起更广泛而普遍的狂澜，那奔放的狂澜不仅要冲刷以往一切的耻辱，并且还要突破帝国主义腹削弱小民族的营垒。

民族解放的烈焰已通红地照耀着整个世界的天北，终有一天那冲天的火焰定会燃烧到整个世界来。

1936. 1. 29

三

据塔斯社今日莫斯科电讯称："伪满军一连因向日当局抗议日方侵占'满'境，致引起双方冲突，当场击毙日军官四人，率众向苏境逃去。"这平淡的故事的叙述，原为"九·一八"后累见的事状，因为民众抗敌的心理并不曾因"亲善"关系的密切而转变，甚且更因"提携"加深而趋于白热。

弱小民族和帝国主义间的对立几已成为历史不易的铁则，仅是帝国主义怎样利用毒药式的甘言，但这终究不能永远麻醉弱小民族的心灵，于是世纪末的悲剧像大山的爆发般不住地在各地演出，弱小民族固然为自身桎梏的解脱而挣扎，就是帝国主义国家的前进的人们也都纷纷给予深切的同情。

"一·二八"空闲少佐的往事，沪战时卧轨索夫的陈迹，当时身处在火线上的几许友邦人士，所赋予我们的同情，以及在东北友邦将士的躬送军械的行迹，这种不惜自我牺牲的精神自将永留在历史的一页，又谁说中日亲善永不能成为事实。

亲善在我们这里并不像目下外交辞令上虚伪的掩饰，因为这笑里藏刀的亲善不仅不能消弭远东漫天的阴霾，并且还将招致更大的流血。只有集各国前进人士于一堂，才有休刀兵于谈笑之间的可能，但这在目前的国际环境下又岂是事实所允许。

前进人士的结合既已为目前事实所不容，弱小民族的解放自有待于本身的努力，只要我们是肯奋斗，那末，在重重的牺牲下定将开出一朵中华民族的异葩。

1936. 1. 30

四

读巴金《神鬼人》中的“神”篇，把文中的主人公长谷川从一个抱有前进志趣的青年，一变而成个听任命运的神力至上主义者，这其间的更迭在我们看来，委实不能不说是奇迹。

在一个备受托尔斯太、屠格涅夫、雨果、左拉、歌德、高尔基、蒲鲁东、欧文、巴枯宁诸人学说渲染的人，竟因各项社会问题的错综复杂解答无径，遂自投向一个仅受高小教育的女巫的脚下去干那礼神拜佛的勾当，放弃了铁般的现实而去求虚渺的将来，这种行为的错误自为社会战士所鄙视，可是他内心和精神上的痛苦，恐非亲历其境在所能解答。

但一切困难的解决，绝非逃避现实所能了事，整个社会的改变解放自有待于各个的努力，仅是道路怎样的险阻，荆棘怎样的丛生，可是一个真正革命的战士决不因此而趔趄，甚且更因各方的刺激而加速地向前挺进，所以我们对这长谷川的行动除加以相当的惋惜外，只能寄予一种听到受伤野兽低声哀嚎般的感动，因为他并不是个人，而是个中途变卦的神的寄生物——一切都推诿在虚渺的未来的神的寄生物。

1936. 1. 31

五

刻观出席柏林理想队战海贼于申园篮球房，因我方人才不均以致见挫于海贼，虽是球场的胜负，原说不得是什么事，可是比赛经过和中场观众鼓噪的情形却生生地暴露我民族的弱点。

在名义上号称出席世运的理想队竟在集中选择的时候，在仅是西侨组合的海贼队前告挫，这点在我们看来，自不能不说是奇迹，因为此次比赛的胜负在整个运动的立场上，它不仅关联此后运动的盛衰，并且还将影响国际间的名誉。以集全国精锐的理想队，尚且在仅是西侨组合的海贼队前屈服，那末，奥林匹克会场之上更难有我们容足之地，就是关于今后市民提倡体育的热忱恐怕多少也要受些影响，所以我们对于此次协进会主事者的疏忽自然不能加以宽待。

至于观众方面，因理想队的惨告败衄，加以王玉垣的延不出场，自然烧起了他们的怒火，可是这怒火的发泄，并不是殴人毁物所能了事，实应更进一步去致力今后体育的发展，倘若欲谋泄愤于举手之间，这种行动的错误不仅关系运动的道德，并且还将贻人以小大倒置之讥，那东省的沦亡、热河的失陷以及最近华北的丑剧不是更足令人愤怒的呀！

检讨以往的错误，矫正未来的步伐，在民族复兴的场合上自值得予以注意，球战虽说是小事，可是在细小的事件里，每能观到一个国家的兴替。满怀着愤怒的人儿们，莫再向协进会的主事们去争一时的曲直，且向那国际强盗，特别是“友邦”去宣泄更大的愤怒吧！

1936.2.1

六

公债延期的传说终究是由风传而成为事实了，关于这件事的动态以及此后之影响，自不是在今日所能预测，不过今后债信的维持和通货政策进一步的树立，对于市场加紧统制却已是昭然若揭。

近年来政府对于新法令的颁布，大率多在星期六晚宣读他的方案，废两改元如此，集中现金如此，统一公债也是如此，因为乘星期休息的机会在市场上可多有一日的部署，这原也是财部不得已的苦衷，但是在充满着投机热的沪上市民，却又同声地在诅咒统一公债延长还本的失策。

固然在“一·二八”本息延长偿付的时节，财部对于维持债信曾三令五申载在简册，但年来因受世界不景气的影响，进口贸易陡形低落，此虽在我国民经济上稍形好转，可是关税收入的锐减却又是不需伪饰的事实，加以自《塘沽协定》签订后，冀省漏税货物的偷运倍行增加，长芦盐税自冀东自治局面成立，还又为所攫，这些无一不予我国财政以严重的打击，于是公债延期的政策自成为目下唯一的挡箭牌。

公债延期的原因表面是由于国家的度支困难，国家的财政困难，实由于国际强盗特别是“友邦”的掠夺所赐予。

那末，我们在诅咒公债延期时岂不更将痛恨日本帝国主义的侵略吗？可是充满着投机狂热的上海市民，他们却并不去根究公债延期的原因，只是怒骂着财政当局的昏慵，因为在他们的心目中早已为投机所熏染，他们所痛恨的并不是债券还本期的延长，而是此后投机门户的狭隘。

不过财政当局的慵弱和公务人员从事投机的不当，这也是不需掩饰的事实。不然关于通货政策的推行，财政制度的改革又何必远劳这李滋罗斯爵士①（Frederick Leith - Ross）来从事策划呢？

醒醒吧！迷恋着投机狂热的人士们，我们且来同心协力携手向前，要求一个完全自主的财政政策吧！

1936.2.2

① 李滋罗斯爵士，时任英国首席财政顾问。

七

一九二九年经济恐慌的浪涛席卷了整个世界，我国虽因一切组织的稍形落伍，似未曾立时感到切身的威胁。可是北大营的炮声，它不仅带来了我们政治上的国难，并且还带来了经济上的国难，“一·二八”淞沪惨烈的轰炸，愈益使这问题具体化了。于是这东方巴黎表面上的荣繁也就跟着硝烟弹雨同趋于破灭，加以年来白银浪潮的兴伏、国际货币战的白热、倾销政策的急进、贸易普遍的没落以及直接间接影响到的农村破产、经济崩溃、一般生活的下降，都市工商的不景，这富有巴黎情调的上海早已蒙上了一层可怖的阴影。

失业——这时代的怪物的早已跟着世界的不景气悄悄地到临了人间，就是雄踞世界经济霸主的宝座的新大陆也不能抵抗这怪物的逆袭，甚且更因一切组织的机械化，就是平日挣扎在生活线上的群众们经不起经济恐慌猛力地进攻也纷纷地溃退到失业的队伍里来，这种狼狈的情形实隐喻于资本主义的统治者无形的威胁。于是那高踞在象牙塔里的绅士们自不得不运用他们敏捷的思潮去应付当前的危机，处在殖民地地位的弱小民族自成为他们消弭日下危机的唯一对象了。

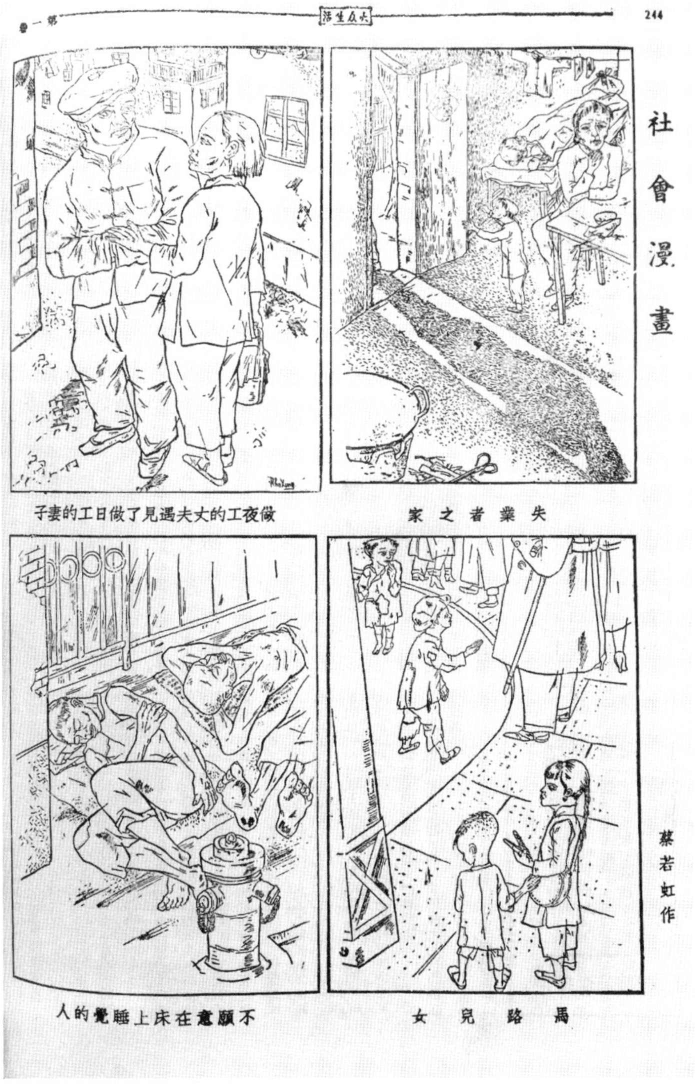
第一卷
大眾生活
244
社會漫畫
做夜工的丈夫遇見了做日工的妻子
失業者之家
不願意在床上睡覺的人
馬路兒女
蔡若虹作

帝国主义既为谋自身的矛盾消弭起见，自不得不在弱小民族的身上着想，于是一方加紧对于失业群众的腹削，一方又加强本国与殖民地间的联系，以谋在剥削和掠夺上来重建资本主义的基础，可是顽强的叛逆者却老是不能体谅绅士们的苦衷，海德公园“我们需要面包而不欲巡洋舰”的呼声已震荡在大西洋的一角，而此外各国的贫民窟里却又多在燃烧着饥饿和愤怒的烈焰。

也许是世纪末的奇迹，仅是世界的执政者在怎样替失业大众筹谋出路，可是这蚀人的烘炉却正在大批地制造出来。不论在中欧、在北美、在东亚，到处都充满着失业者的怒气，要是他们能采取一致行动的话，这力量该是多么惊人呀！我想。

现在我们且把旁的抛开，权且将上海来加以检讨吧。据近时官方统计，沪地一隅失业人数至少在五十万人以上，几达全市市民六分之一。这可惊的数字还是出于官方的报告，恐怕在实际上更将超过此数，这该是多么可怖的事实——那失业者群的泛滥。

解决这严重问题的唯一办法并不是枝枝节节所能解答，总括地说只有出于战争的一途。但是我们的战争并不是帝国主义相互间的仇杀，也不是帝国主义对于弱小民族的屠杀，而是弱小民族对于压迫者的反抗，反抗让我们高燃起反抗的火花，来烧尽侵略者的营垒。

1936. 2. 3

八

几年来沙漠骆驼般的生活，生生地把我带到了无感情的领域，整日的埋头驱走我简朴的童贞。社会的剥削改变了我原有的面目，几经这蚀人的大烘炉，几次的熔冶，终究成为现在的我了。

我有一颗净洁而简朴的心，一颗并不能说是怎样简陋的脑袋，母亲是这样的瞩望，就是我自己也是这样的自信。但是几年来社会对于我的腹削却把我固有的热情生生地毁灭了，他不仅毁灭了我的热情，并且还替我戴上层可怖的面幕，那面幕的阴影却总是掩盖着这颗自以为静洁的心。

也许是寂寞的生活过得太久吧，这颗平凡的心终究又蠢然思动了，莫名的烦恼总是有计划的包围拢来，包围得紧紧地，几乎要撑住这颗心的跳跃。我每抱着这颗平凡的心，目瞪着天花板发呆，可是这时的天花板却又成了种特殊的动态，它告诉我童年的影事，告诉我以往的一切，凡是过去的事实，都可以历历地在我的眼前映演。这里不仅充满着欢乐和天真，并且还遗留着许多可供幻想的陈迹。但那不堪回首的童年却又转跟着时代的巨轮无情的消逝！

经过社会几次的熔冶，我的感情真个是毁灭了么？我的澄静的心田真个蒙上了层可怖的黑影了么？不，并不，至少我是以为如此。虽然朋友们都说我是变了，变得像个典型式的市侩，但是，这种言语在我自己总以为不能成立，因为我还有颗简朴的心，还有一颗每思前进而不得逞的心。这颗沉重的心还牢系在我的空阔的胸间，并且在每次心的跳跃里，时时给予我前进的鼓励，鼓励我去追求前进的光明。

感情近年来似乎已被社会的阴影隔绝了，可是在我以为我还抱有种奔放的感情，虽是这感情在某一时候似乎被放逐在一隅，可是终究会重归向我的心田。我每挟着奔放的情绪，强自欢笑的按捺着，可是这积久的蕴伏即将形成种高燃的热情，这热情的爆发自将超脱一切而成为生命的火花。

让我高燃起生命的火花，照耀着净洁的心田来消除一切，解脱一切，造成一个一切自我的人。

记着，我是一个人，人人且努力向前，来造成一个“人”的历史。

1936. 2. 4

九

我有颗活跃的心，有缕郁抑得太久而亟思迸发的激情，它时时苦恼着我，让我沉思在新的悲哀里。

近几日来，我时时被苦恼烦闷着，说这是流行性的青年病吧？或许是。但这只是种久蛰思动的情绪，因为社会逼迫的我囿在某一个圈子里，而这平凡的心却总是需要友情的慰藉，需要光明的照耀。

在并不是偶然的沉思里，我觉悟到老是追忆着过去只是弱者的行动，虽是过去的一切一切纵然是值得我永镌在心间的，可是它终究随着东去的逝水堕向无底的深渊。要是我依旧追忆它，想在这永久的回忆里来完成我的美梦，那末，这回忆的波涛的激荡不也会将把我带向那无底的深渊？

我有一个妹妹，她像易卜生著的娜拉般毅然地在四年前出走了，她虽走出了阴沉的樊笼，但就最快地步入了这混浊的社会。几年来她虽度着痛快而适合个性的生涯，早已生长成了时代的女性。可是，频年的物质文明的引诱，很快地使她趋向可怖的深渊。都市女性的习俗一一渲染在她的心板。她有时虽也被烦恼苦闷着，不过在她空阔的胸间迅速地就趋于毁灭。她是个人，但她并不是个牺牲自己来拯救同类的人。

我有个弟弟，他只是个难以雕刻的朽木，不论在言论上、在行动上都显得不是个大有作为的人物，他虽常为学问而努力，可是这努力的结果，只能使他更快地爬进坟墓，爬进那葬送青年的文字坟墓。

我有许多幼年的朋友，不论是可爱的，不论是可敬的，现在都已散处各方，各为生活而挣扎。可是他们有的是转变了，有的是消沉了，有的却依旧沉醉在书本子里继续受着文字的麻醉。虽是许多的面目还能在片刻的沉思里搬演在我的脑间，不过他们终究是各自去干自己不愿意干的事情去了。

在每次的沉思中，我还可以幻想一个可爱的脸，乌黑的眼珠配着副并不能说长的眉睫，动人的语辞历历地在她的小嘴里倾倒出来，敏捷的动作表演出她一副老练的身手。但她现在是转变了，许是因敌不住社会的引诱，而变更了她的初衷。她是个人，并且在某一个时候曾成为我心爱的朋友，可是现在终究因忍不住这大烘炉的熔炼，显示出坠入那更深的深渊的倾向。

悠远的幻想里，虽能消除暂时的苦闷，可是这醒后的烦恼，却总是搅乱我的心曲。我曾抱有种虚渺的宏愿，想把一切的朋友都从深渊里拯拔出来，可是现在不仅这幻想早已在我的眼前消减，并且连我自己也坠向这无底的深渊。朋友们看了这种情景，有时向我微笑，虽是在这友谊的微笑里真实的包含着苦闷和同情，鼓励和无可奈何的情绪，可是在我接受的当儿，却终以为这是种并不是怀着好意的狞笑，许几年来的倾跌，早已使我成为惊弓之鸟！

夜是静寂的，特别是那满怀创伤的战士，更觉得夜是死样的肃穆了。在寂寥的夜的氛围里，我每轻叩敲动着落寞的心弦，抚摸着四肢的创伤，神经敏捷地告诉我，让我知道我还是个人，至少也是个寄身在鬼窟里的旅人。

人生的旅程是寥寂而修长的，但我还有在血管里循环着的热血，在脑海里汹涌着的思潮。我有并不能算是流连的口舌和两只还能动作的双手。我要活，我要继续地活下去，我不仅要为我自己的生存而努力，并且还要为拯救和我同一命运的同类而努力！

用我们生命的火花高燃起生存的烈焰，让这热人的烘炉在我们面前爆发、破裂、毁灭！

1936. 2. 5

十

“一二·九”北平学生的示威燃起了民族抗日的火焰，热烈的亢进的情绪，英勇的果敢的精神，平白地重又把这阴沉的古城充满了蓬勃的生气。平津的学生是这样地领导着，全国的民众是这样响应着，这该是多么惊人的奇迹，那抗日的情绪得以再燃。

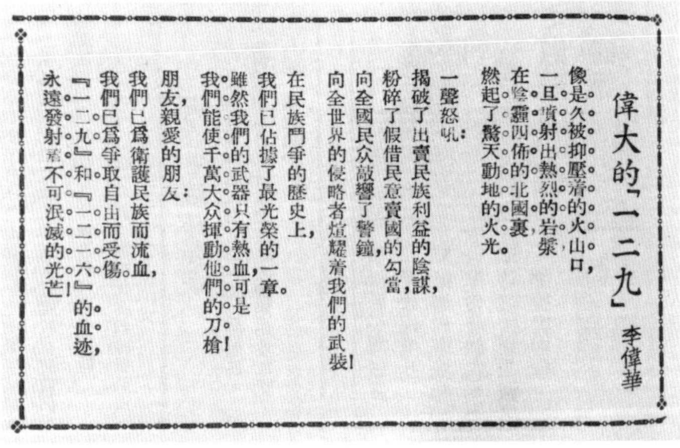

偉大的「一二九」 李偉華

像是久被抑壓着的火山口，
一旦噴射出熱烈的岩漿，
在陰霾四佈的北國裏，
燃起了驚天動地的火光。
一聲怒吼：
揭破了出賣民族利益的陰謀，
粉碎了假借民意賣國的勾當，
向全國民众敲響了警鐘，
向全世界的侵略者炫耀着我們的武裝！
在民族鬥爭的歷史上，
我們已佔據了最光榮的一章。
雖然我們的武器只有熱血，可是
我們能使千萬大众揮動他們的刀槍！
朋友，親愛的朋友：
我們已爲衛護民族而流血，
我們已爲爭取自由而受傷。
『一二九』和『一二一六』的血迹，
永遠發射着不可泯滅的光芒！

在国际强盗特别是“友邦”的一贯政策的掠夺下，目下的平津危机早已超过了“九·一八”前的东北，整列的兵车任意地可停留在各地，狰狞的铁鸟随时可以盘旋在这古城的上空。驻军司令，使馆武官早已成为冀察政权的太上政府。特务机关跋扈，军人时有干涉政权的可能。冀察的一切已在毒药钢刀式的亲善提携下逐渐趋于沦亡了。

沦亡的阴霾虽已笼罩了整个的华北，民族的怒火却又高燃在这苍茫的古城，北平的学生重又步着“五四”的光荣，竖起了反帝的大纛。火样的情绪，铁般的纪律，抱着大无畏的精神作那救亡图存的壮举，就是民族的敌人也因舆论的顾忌而不敢来妄加干预，民族反帝的情绪终究在这次的运动里发育成长。看，让我们高燃起民族的怒火，竖起反帝的大纛，让这民族敌人在我们亢进的情绪前战栗发抖！

1936. 2. 6

十一

“据电通五日电，北陆一带因遭六十年曾未有之严寒与大雪，地面食物全被雪掩，致引起飞鸟世界绝大的变异，天际群鸟相啄争斗甚剧，自天空下坠者数以千计”。这电讯的传述自不得不认为闻所未闻的奇事。

在严寒大雪的袭击下，天空的飞鸟因不能解决饥饿问题，致引起鸟群的大变异，这在法西斯蒂的军人和金融寡头的财阀统治下的通讯社原也只当是个奇闻，可是在我们看来，现实的世界不也是在同一命运的环境里紊乱屠杀。

要求面包的呼声，自不景气怒潮席卷这世界，还几乎无地不充满着失业者的怒吼，仅是各国的统治者运用他们敏捷的手腕，可是终不能疗治失业者群的饥饿。公共工程的兴筑，军事工业的景气，军国主义的抬头，关税壁垒的高筑以及经济政策的周密，货币贬值的刺激，虽曾暂时见到景气的回复，可是昙花一现转又归向经济恐慌的荒坵。

高坐在象牙塔里的现世界的统治者，虽是高唱着景气的回复，失业的减少，可是这街头流浪的失业者群的鼓噪转又打击他们的理论无立足的余地。不过绅士毕竟有绅士的风度，他一方虽高唱着景气的回复，一方却又在经济恐慌的掩蔽下加紧他的榨取，工资是因不景气的普遍而减少

了，可是工作时间却因经济恐慌的深刻化而相当地延长。好在有的是失业群众，有的是街头的流浪汉，要是劳苦大众不听从他的榨取，他可以更低的工资去重招一批劳力的出卖者。这现实世界的悲剧不也同北陆的飞鸟争食处在同一的环境吗？

世纪末的悲剧正不断地在各地演出，北陆群鸟的冻雪还有通讯社替它传播，可是这饥饿群众的鼓噪却又在电讯的传述里改变了他的真实。这许是人类是聪明的吧！不，这不过是少数人，特别是资产阶级欺人的把戏而已！

我要大声地疾呼，那呻吟在饥馑线上的人们，起来，用我们多数人的力量去夺回少数人操纵的特权，那少数人物特权的解除才能填埋我们饥馑的欲壑。

1936. 2. 7

十二

无聊的寂寞中，我每坠向沉思的深渊，广泛的苦闷时时萦绕着我的脆弱的心田，那可忆的陈迹，那可怖的现实，一幕幕几乎占满了我的胸间。我静听着心田的跳跃，扩张地疾徐地跟着这思潮的澎湃，不住地在我胸间兴伏。我有时虽运用着全身的力量，竭力抑制心绪的蠢动，可是这扩张的脉搏却老是不肯听从我的指示。

在寂寥的夜的氛围里，我时时想念着才逝去的大兄，他虽是个孤独的人儿，不过从他的死使我得到了对于这社会深层的认识。他的病症虽属于肺结核，可是致他死命的却并不是结核性菌的滋长，而是大烘炉的煎迫。我曾跟着他的死，并曾亲听到大姐和二兄们哭得凄凉，但是这凄凉的哭声里却助长了我的意识，我意识到了社会的冷酷，我体认到了人情的漠落，正因这样，遂使我再燃起对于社会厌恶和同情的怒火。

在巴金的《新生》里，我曾看到了动人的标题“死并不是完结”，这有力的字句紧抓住我的心灵，我意识到了一个人人格的养成大半是厌恶现社会的冷酷和谋替，那群站在社会黑暗面的人们的解放才能产生出个伟大的人格来。几年来，我虽浮沉在这冷酷的社会里，可是幸喜还保持着我心的清白，我正要从这清白的心田燃起掀天的烈焰，来拯救自己，拯救他人。

死的恐怖虽使我们了解了悲痛，可是并不曾使我受到丝毫的威吓，并且在这死的恐怖里却使我生长出一个人格，一个认识这社会的黑暗面的新的人格来。

1936.2.8

十三

"有时我似乎也不能安心向我的幽静生活妥协，说是青年病吧，也许是在极度消沉过后富有力的勇敢的要求刺激，但事实却又会变得像梦"，在鹤的来信里，他告诉了我这样的字句，这在我看来却又是不无同感。

真的，环境的变迁，烦闷的侵袭，不自主地放逐我到现实的状况。青春的活跃的习性时时地苦闷着我，它告诉我需要高度的刺激，需要友情的安慰。在某一时间，我虽曾疯狂地追求着，可是这冷酷的背影，只不过平添我心中的创痛。现在这极度消沉后富有力的刺激的要求又重复在我的内心蠢动，我时时被它苦闷着，苦闷在新的憧憬里。

固然，要求新的刺激的追求原也是青年的习性，惟有青年，他才抱有颗炽烈的心，在这炽烈的心的深处时时发射着生命的火花。他要求刺激，他要求慰藉，但现社会所给予他的却只是冷酷的背影，那背影的扩大正紧紧地掩住那青春活跃的心。

我每不自知的被那苦闷束缚着，束缚得我老是坠向沉思的深渊。虽是经济的负担、失业的恐怖并不曾压迫着我，但是我静寂的心灵却时时活动着潮样的激情。我不懂，我真的不懂这究竟是什么在激动着我心的浪潮呢？

在新的沉思里，它终究给我发觉了它是什么，它是缕抑压得太久而亟思迸发的感情，这感情的发射将要超越一切，解脱一切，自创个新的境界。

我要大胆地打开心门，让这平凡的心去浸沉在爱的漩涡里，用爱的潮流来冲刷这沉静的心，用爱的慰藉来弥补这创伤的心，我爱人类，我爱世界，我爱和我处在同一命运站在同一战线的人。

愿用我们鲜红之血，渲染生命之花，开遍心田，开遍大地。

1936. 2. 9

十四

上海这拥有三百五十万人口的远东大都市，在都市里的追礼里，该是怎样的堂皇富丽。

诚是，这都市的表面确实是富丽而堂皇，可是那内涵的矛盾，却正跟着大建筑的兴筑而日趋尖锐，高奏着都市进行曲的南京路虽是充满着和乐的空气，驰驱着流线型的汽车，可是那枵腹菜色的人群却老是在这饱含着民族创痛的路上彷徨徘徊。

步着这修长的柏油路，我时被不自知的烦恼追逐着，我眼看到两种不同世界的对立，一面是度着极度的享受，一面却又在饥饿线上挣扎。这两个世界的对立，跟着时代的轮子日趋于尖锐深刻，这两种势力的冲突，或许是新的世界的来临，我想。

我曾看到在街头巡逻的印捕，手擎着人力车的坐垫，这种威武的神态恐怕只有在神龛里才能见到，人力车夫是苦苦哀求着，好奇的旁观者却蚁样的聚集拢来，许是都市布尔乔亚的风度吧，他们不仅没有寄予这被压迫者丝毫的同情，并且还张开着嘴嬉笑着，终于拜这帝国主义的鹰犬的怜悯，满足了人力车夫最高的欲望要求，在旁观的群众阵脚的扰动下，那印捕就昂然地去了。

目送着印捕的背影，澎湃的心潮重又在我的胸间汹涌，我要大声地高嚷着，唤醒那被压迫者的迷梦，用我们统一的阵线来突破帝国主义的腹削，世界的被压迫者，大家聚集拢来啊！

1936. 2. 10

十五

第一军总参议续范亭的切腹自杀，曾引起举国舆论的惋惜和同情，但不久监委杜义却又因忧国愤时竟于日前投湖自沉，这两件事的相继发生，除使我们切感到目前国人的极度苦闷外，只有寄慨于民族观念的错误。

续、杜二人都曾侧身同盟，躬履艰辛参戎以从事于拯救民族重危的工作，目睹着目前国步的维难，强邻的煎迫，自然不能无慨于怀，何况这抑忧之气又无处发泄。人生自不能无言，言应有以达意，但而今不是不能有言，就是言亦无从达意，气既不能泄，言又不能宣，这其间的沉闷苦痛又恐非一死所能宣泄。

336　大众生活

鈞既是中國人，中國政府對於他的無故慘死於『包圍毒打』之下，不應沒有爲他伸雪的辦法。梅世鈞的無故慘死，當然要引起我們的嚴重注意。但這決不是梅世鈞一個人的問題，倘若違法打死了人而可以不負責任，人人隨時隨地都有被打死的份兒；倘若一個國民可以任人殘害生命而不聞不問，或虎了事，個個國民的生命都有被殘害的可能。

杜義憂國自殺

不久以前，在南京有軍官續範亭因憤慨國事而剖腹自殺的慘劇，後因急救得免於死。最近在南京又發生監察院委員杜義憂國投湖自殺的慘劇。杜義爲河北省人，現年五十歲，清末入保定陸軍學校，早年即加入同盟會，奔走革命。在東三省時曾以從事秘密運動，被捕入獄。後得釋，奔走西北而認識于右任。生前極以國步艱危爲痛，於本月八日深夜投身玄武湖自殺。留有遺詩和自輓詞給于右任。

杜氏爲河北人，河北是隨着東北在實際上已淪亡的華北的一省，在他當然受到很大的刺激。爲憂國而死，他的熱誠雖可引起我們的同情，但是消極的自盡，不但於危亡的國家無益，而且在民族解放鬥爭運動日益尖銳化的時候，正需要不怕死的鬥士來參加集體的鬥爭，這樣消極的自盡，在國家方面反而是很大的損失。把熱誠用到誤國的方面去，這方法的不對，犧牲的不值得，是很顯然的。

爲民族英勇鬥爭的鬥士誠然不怕死，但要在鬥爭中不怕死；志在殺敵，決不自殺。

韜奮緊要附啟

近來得到各方面讀者好友的來信，報告本刊將被封閉和我將被拘捕或陷害的消息，諸位好友垂愛的殷切和關心的懇摯，令我萬分感動，永不能忘。當我寫這附啓的時候，

(二)我個人在海外目睹中國國際地位的低劣，僑胞遭遇的慘苦，回國後又目睹大众所受的侵略壓迫，變本加厲，全民族即將淪爲奴隸，痛心徹骨，終夜徬徨，只須對民族解放有些微努力的可

续、杜二先生生平既努力革命乃不死于革命之时，而求死于革命既成之后，先烈泉下有知又将感觉如何？所以我们对于续、杜二先生的自戕实不禁有无穷感慨，因为在他们二人的眼中，以为与其零零碎碎宰割以死，何如奋起图谋一击以死，但这种心情又岂仅是他们二人是这样呢？

北大营的炮声已预种下世界大战的火种，也加重了我国重危的命运，此后的《沪战协定》、《塘沽协定》、《何梅协定》，无一不加重我民族的桎梏。到而今，冀察半壁已尽沦敌手，平津风雨之日形险恶，民族的敌人已在“亲善”“提携”的烟幕下加紧对我们的宰削，我国民众除极少数的准汉奸外，都亟谋奋起一击，奈当局极事镇静终不下最大决心，这在我民众看来又怎能不感慨沮丧？

续、杜二先生已矣，愿后之爱国者切莫走上自杀的绝途。只要我们还有口气，那民族敌人所欲侵占的国土我们就得用血去渲染。

1936. 2. 11

十六

青春泼剌的火焰时时地在我心头燃烧，这熊熊的火焰升腾起沸烈的热情。

热情，它策动我、它鼓励我，策动我去为拯救自己而努力，鼓励我为之解放同类而斗争。虽是我只是个人，只是个在某些人心目中典型式的市侩的人。但是这沸腾的热情衬托着这颗活跃的心，它要光明，它要热力，不时地泛起澎湃的波涛，这波涛的激荡掀动着我整个的心灵。

许是恬静的生活过得太久了吧，这颗平凡的心经不起青春之火的燃烧，早已蠢蠢欲动了。我张眼偷偷地瞧着四周，觉得四周的一切依然是这样黑沉沉的，并不曾透露出一线的光明，并且这黑暗的周缘还时时传来狼嚎虎啸的声音。

仅是这长夜是漫漫的，但是这要求光明的心却始终不曾降低它的热力。它知道，它明白地知道，这长夜的背后就是黎明，虽是黎明前的片刻，正是一个没有月亮也没有星星的非常黑暗的时期。但它将忍受着，挨过这极度黑暗的时代，去追求那即将来临的光明。

光明，我们期待着，我们竭诚地期待着这新的世界来临。

1936. 2. 12

十七

“虽然她嘴唇涂得很红，但是由她皮肤上和那笑时眼眶边上的皱纹都很鲜明地说，青春在她身后悄悄地溜走了。”在迎黄（柳霜）[①] 的专文上我看到这样的字句。

是的，青春是悄悄地来临，又悄悄地溜走。它的来虽曾给予我们以热烈的情绪，可是这热烈的情绪却在很多人的纵情享乐下很快地消逝。青春是褪色了，桃色的梦是清醒了，于是男的就在消沉沮丧下送走了他的青春，女的就是一层脂粉一抹香水的竭尽一切人为的力量去想挽回这将逝而未逝的青春。但青春它是去了，人为的一切并不能掩饰这消逝的青春。

朋友，我将大胆地问，试问你将如何去利用这正抓在你手中的青春，当心着别让这青春又在你手边悄悄地溜走。

1936. 2. 13

① 黄柳霜，第一位美籍华人好莱坞影星。

十八

大约是因寒热不匀的缘故，流行性感冒就轻轻地向我袭来，于是咳嗽毫不留情地向我进攻，我因鉴于以往的事实，自不得不对这微恙留意警戒。

咳嗽原不是足以致命的病症，我对于咳嗽的注意也并不是因顾惜这微生，不过我感到，我深切地感到，唯有健全之身体始足以成伟大的事业，倘若身体时被疾病所侵袭，那么，一切一切要待他去完成的事业就不得不逐渐在他眼前幻灭。何况在这动乱的世界里，仅有几多的事件又待于我人的努力，我们又怎能在病魔的纠缠下虚度宝贵的青春。

虽然我是具有健壮的体魄和强毅的心志，不过我并不能因体格的壮健就自任戕贼，因为这恶劣的环境在在都有待于我用力去突破他的重围。我要干，我要痛痛快快地干下去，另创个新的境界。

新的境界的完成是有待于我们的青年的努力，别仅嚷着口号，去让那新的境界在飘缈的未来向着我摇手。

朋友，别误会，这并不是我的自辩，而是我的自白。

1936. 2. 14

十九

“但是，我们有一群富有攻击精神的军民联合战线，定能驾凌物质的威力而克敌制胜的这种自信心的坚强滋长，从意阿战争中可以获得很多的教训。”这有力的字句在《大众生活》中给我看到，这该是怎样的奇迹，那民气消沉期间军人的怒吼。

考本文作者杨全系就读于中央军校十期生，在三民主义的训导下对于国族的认识自当较人更为深刻，就是在本文中，他也能注意到民众的力量，较之一般军人在思想方面自更属前进。不过，我们所要求的不是虚渺的谈兵而是轰烈的事实。

在全文中，他虽然明白地告诉我们最高领袖对于未来大战的准备，可是这以往的疑虑的阴影却仍是掩蔽着我的心田，并不曾因文中的叙述而消释我脑中的阴霾，因为以往事实的暗示不得不令我对中日间的未来抱着怀疑的情绪，但这除战争外又有何术足以消除我心中的壁垒呢？

田中内阁的奏折已明白地显示了他的心怀。平津局势的危殆，确实加紧对于我国族的宰割，东北四省早已变更了舆图的颜色，冀东察北又辗转入了敌人的魔手，“亲善”“提携”声浪的高唱只不过是钢刀毒药的掩饰，各地驻军的

演习这才是强盗面目的暴露。五年来，在威胁且利诱，利诱且威胁下不知侵凌我多少领土，丧失了我多少主权。最近广田三原则的提出，又莫非欲沦我于三线的覆辙？乃我外交阵容不进行秘密考虑滋我人的疑虑，于是关心国事的人们对于现政策自表示极度的不满。

在并不是偶然的传说上，我累听到政府备战的积极，不过反证事实却只是给我个失望。今天在杨君的通信里虽似乎已累示端倪，可是我们所乞求的却是真正事实的证明和政策的宣布。因为，谁救中国，谁就是我们的领袖，谁卖国谁就是我们的敌人，这全民一致的要求又岂是我真正领袖所能忽视？

我们的热血在沸腾着，我们的脉搏在偾张着，壮烈的流血，英勇的牺牲，绝不是欺骗引诱所能压制，弱小的民族们，且用我们沸腾的热血、好斗的头颅在铁和血的基点上来重创我们的新生。

记着，我们是历史的创造者，而不是历史的旁观者呀！

1936. 2. 15

二十

在霏霏的春雨飘洒下，在黯黯的天色笼罩下，新的沪战烈士的忠烈墓就在这低气压的阴霾下举行落成典礼。真是不堪回首，四年前的今日淞沪一隅正展开着壮烈的抗敌的序幕，前线的健儿在料峭的春寒中执行他们民族的任务，后方的民众虽是处身在猛烈的火线下，依旧踊跃输浆。尽管敌人的飞机投着重磅的炸弹，敌人的步兵在绝对的优越的火力掩护下，跟着机械化的部队猛烈向我阵地进袭，但是我们英勇的战士有着沸腾的热血和大好的头颅死守着阵地，不让敌骑进踏我的河山，纵是在凶猛的炮火的轰炸下，却始终不曾放弃他们应尽的职责和历史的任务。在军民联合的阵线上，在举国同仇敌忾的心情下，终究打破了敌人四小时占领闸北的夸言，证实民族抗帝的力量造成了历史空前的奇迹！

但经济提携的音浪早已掩蔽了满目疮痍的战迹，和平亲善的阴影正加紧宰割我民族的工作。钢刀毒药同时齐下，今日国族的危机实尤甚于“一·二八”的前夕，我们眼看着国族生命的日趋危促，耳听到亲善提携的甘言蜜语，这其间的内心痛苦又岂是挥墨所能形容？倘今日英烈魂兮泉下有知，又将作何观感？

沪战英烈既已长眠泉下，对于人世间的一切一切自可置之不闻，但英烈既为捍卫疆土而死，为力抗强暴而死，为挽救民族的危亡而死，那么泉下有知，对于目前国势危殆自将痛心疾首、亟思奋起，乃返顾国人却又欢乐如故，酣嬉如故，瞆之若不知四年前事，凡此情景实较国土沦亡

尤为可痛。我们眼看着这事实的演出，回想着当年冀察烈士的慷慨牺牲，内心的创痛又岂是仅一忠烈墓，仅一纪念碑所能宣泄！

不过形式上的纪念，并不能稍抒心头的忧积，民族创痛的永铭实是资我们未来的棒喝，倘若仅是形典礼上的文饰、行动上的祭奠，那么，巍巍华表只不过徒供凭吊地下烈士，势必将饮恨无穷，这实是在重背纪念的意义，又何必多此一举。

诚如张治中将军的话“在无名英雄之前我很惭愧，我在那次英勇的战争里，我为什么没有死呢？不过既然我还没有死，我是绝不会辜负全上海的亲爱的同胞、全中国的亲爱的同胞，只要有机会，我会毫无疑虑地踏着先烈们光荣的血迹，抱着必死的决心，把我的生命去牺牲在战场上的，我们军人是应该去死在战场上的！”在弱小民族执行他们历史的任务时，不仅是军人，凡是不甘愿为亡国奴的人们都应该踏着烈士的血迹，继续烈士的遗志，来完成我们民族的使命。

1936. 2. 16

二十一

哈末特族英烈的抗战，揭开了世界反帝的序幕，埃及学生率先发难，高揭起要求独立的旗帜。北平青年眼看着傀儡丑剧不住搬演，发动了“一二·九”的游行示威，重又燃起民族反帝的火焰。最近叙利亚的革命群众又因不甘坐听法郎帝国的宰割，在国民党的领导下把一向对立的回教徒和基督教徒集中在同一的旗帜下，高燃起民族解放的火花。这世界弱小民族积久蕴伏的怒火早已逐渐由东非、远东、西亚蔓延到整个世界来。

帝国主义对于弱小民族的腹削，自经济恐慌的浪潮激荡这世界，还愈益加紧他的榨取，农产品的指数在重重的税壁下不住地向下低落，殖民地的税则在宗主国自身利害为前提的原则下，任意可以由他减低或增高。资本输入和殖民地的贸易入超同时激增，殖民地的轻工业和手工业在无力竞争的状况下，只有坐听资本主义的工商业运用就地的原料、低廉的人工，在众衰独盛的绝对优势下，不住地趋向繁荣扩张，于是成批的失业群众不得不抛弃没落下的农村之国，集到在金融资本独占下的都市来，但这表面荣繁的都市，自己正在闹着经济的恐慌。在金融资本独占的内在的矛盾日趋深刻的状态下，许多的失业者流浪在街头，没有力量来替农民代谋出路，在相互的因果下，显把这世界削成两个去处，各自高筑着深沟高垒的壁垒。

这世界真可这样地下去吗？不，决不。帝国主义有着敏捷的口舌，有着犀利的武器，有着杀人不见血的外交手腕，但是这群在饥饿线上挣扎的人们决计不是一味的欺骗威胁所能奏效的。在饥火的高燃下，在严寒的猛袭下，他们将要自动联合起来，不仅他们，就是站在帝国主义旗帜下的和他们同一命运的人类，也要采取同一步骤，携手合作来推倒帝国主义的营垒，来完成个新的世界。

在这划时代的运动的过程中，殖民地的被压迫群众不仅是这新的运动中的一员，并且还是这新的运动中的主力，他们将坚决地负起历史的任务，并且还将成个一切自我的历史的创造者。

西亚的火药库已在这里冒着灿烂的革命的火花，让我们汇合各地的民族解放的烈焰来促成他个总爆发。因为在这民族解放的烈焰的爆发下，我们所损失的只是帝国主义殖民政策所加于我们的枷锁。

1936. 2. 17

二十二

国际货币战的流失在约翰牛[1]和山姆大叔[2]激烈竞争的营幕的对峙下，终究又在远东次殖民地展开一幕攘夺货币的管辖权的把戏。

李滋罗斯爵士挟着重大的使命在经济调查的烟幕下惠然贲临东亚，经过多方的奔走终于在上年十一月五日由政府明令公布，集中现金，发行法币稳定汇价为一先令二便士半，间接的和英镑成立了种无形的联系，此后国际汇兑的伸缩自将一唯英伦的马首是瞻。我国虽是保持着银本位，可是无形的早已成为虚金集团中的一员。

本来币制的改革决计不是处在次殖民地的中国所能单独胜任，那外商银行的林立，国际汇兑的漫无统制，实在予新币制以无形的牵掣，何况远东海岸的金元五国正在收买白银操纵汇市，要是不先得到英美帝国主义的默契，那末，在外来金融资本的双重夹攻下，随时有招致更大混乱的危机。

毕竟绅士自有绅士的面目，在币制改革初告垂成的时

---

① 约翰牛，意指英国。
② 山姆大叔，意指美国。

候，英伦方面和罗斯爵士屡次声明认为外传种种殊非事实，这种功成不居的美德实令我不能不钦佩其圆滑沉着的外交技术了。

可是国际货币战的白热，却因我新币制的实行愈益趋于尖锐。华府方面眼看着约翰牛的单独导演不禁醋意勃发，约翰牛一方停止在伦敦购银，想把世界银市由英伦移向纽约，于是伦敦银市顿形惨跌，竟由二十九便士跌到二十便士；一方又向中国政府直接谈判收购白银，至去年底止已达七千万盎司，想在银行的垄断下把中国拉出英镑集团罗致在美元怀里。

最近据美联社电传，中国已在纽约以白银卖出所得购置黄金，其数达一千万金元之巨。这其间的经过自不能不归功于金元五国外交手腕的惊人收获，但是那摆荡在金银两者间的中国却随时有沦为货币殖民地化的可能。

看着吧，在中国货币联系到英镑美元二者之间协调的当儿，那华北以至华南的枪声恐怕就在第三者嫉妒横生下开始他的狂吼。

1936. 2. 18

二十三

近顷外交、教育两部通令“留学生在求学期间不得与外女结婚”，这看似平淡的通令实自有它内涵的意义。

结婚在学生求学时间不仅容易分散他的精神，并且还将阻碍他的前进，就是就社会的立场讲，学生既属分利分子，自不得在求学时期随时和女性结合，何况这负笈异邦的青年，国家对于他的嘱望如何，父兄对于他的嘱望如何，倘若仅是为谋调剂某一时期性的单调就贸然与外女同居，那末，不仅失去他留学的本义，就是对于他未来的自身也将预贻烦恼的种子。

本来在这充满着封建滓余的现社会，仅有很多的青年基于封建社会的某种遗毒，就不自主地踏上了结婚的境地，于是生活的鞭笞重重地高压在他的身上，这不仅将要消尽他英年的豪气，并且还容易将他带向衰老的领域，青春活跃的火焰也将在生活的浪花下趋向毁灭。青春是消逝了，衰老的日暮的心情不时向他内心侵袭，在社会的烘炉的煎迫下就这样去终了他的一生。

何况由于婚姻的贸然，将事经济的未能独立，就是在婚后的精神层面不仅不能得到些微的安慰，甚至使他深深地感到生活的重荷，这样既消磨尽了他的泼刺的生命的火焰，并且更快地使他坠向烦恼的深渊，这岂仅是一己的毁伤，实也是社会的毁伤。

社会大烘炉的炽烈的火焰时时地煎迫着我，使我沉迷在新的烦恼里，不过我将忍受地挨过这刹那，因为在我的自信里只要我们是肯努力，那末明天，明天就要透露出和煦的阳光来。

1936. 2. 19

二十四

据司法行政部二十一年度统计（二十一年七月——二十二年六月），全年度离婚案件共达四百四十八件。以全人口的比率论，似乎这数字是微乎其微的，可是我们一检阅发生的地域和申请理由却十足暴露现社会的病态。

离婚案件以江苏、浙江为最多，共计发生一五九起，由此可见到，都市愈发达，风气愈开通，离婚案件也同样增多。不过我们并不是盲目地主张复古，因为与其度着极度痛苦的精神生活，倒不如各行各是为之直截了当，但在病态社会里畸形结合的怨偶随处多有，这广大的不满现实环境者，确实亟待我们去为他们作精神上的解脱。

同时，在申请离婚者的年龄性别方面，二十岁以下的女多于男，三十岁以上的男多于女。这里又十足暴露现社会的罪恶，在二十岁以下的少女她们或是不满足旧式婚姻的束缚，在频年自由空气的熏陶下，就高揭起反抗旧礼教的大纛，来作那解除婚约的先锋，或是在某种物质条件的引诱下，对于她已婚或未婚的配偶表示某种欲望的不能满足，就贸然提起离婚的声诉，堕向无底的深渊。至于三十岁以上男子方面，大率以经济能力已足独立，因厌弃女方的年老色衰就藉端压迫，甚至申请离婚之所不顾，这点实

結婚的悲劇

·賦基·

充分显露以男性为中心的社会的丑恶，因为他不仅蔑视男女平等的原则，并且还藉经济压力作要挟的工具，所以女子欲求平等，不得不在经济独立的基点上积极发展女子职业，来重创时代女性的新生。

病态的社会张着他杀人不见血的巨口，时时地在吮吸社会底层的膏血。挣扎在生活的高压下人们，难道就静听他的腹削吗？生活在不满现状的男女们，大家联合拢来吧，用我们集团的力量来摧毁社会的桎梏，别让这畸形的离婚的悲剧老是在我们眼前重演。

1936. 2. 20

二十五

新任日本驻华大使有田八郎[1]，已定明晨由东京驿出发履任，约于二十六日乘“浅间丸”抵沪，此后对华方策将根据广田三大原则积极推行，在日前中日交涉重重的阴霾下，我们对于有田今后的行迹自不能不加以相当的注视。

在“友邦”一切反常的现状下，驻外使节的更迭早已成为军部的附属物，有田八郎夙与军部有相当的渊源，在强化对华的政策下，驻华使节自非有田莫属，何况即将举行的南京会议又不得不先整饬外交阵容呢？

“九·一八”来，由于军权的极度抬头，中日间经常的外交犬养关系早已失去它的常轨，“五·一五”事件愈益暴露军部和政党间的丑态，于是少壮军人在骑虎难下的局势下，一面不顾财政赤字的膨胀竭力加紧对华的侵略，一面军部和政党间的对峙又日趋尖锐，永田被刺事件所引起的国体明征问题和最近的解散议会实更显示军部政党间的势难两立。此时在军部牵线下的广田三原则的宣读，只不过表示现政权对华侵略的一贯政策。

基于国内两种势力对立的日趋白热，执掌政权的军人

---

① 有田八郎，昭和时期的日本外相。

日使有田來華

新任日本駐華大使有田八郎夫婦，於二月廿六日抵上海，定期入京覲見。此為有田夫婦（前行二人）下輪登岸之影。

chiro Arita. New Japanese Ambassador to China, and Arita are shown as they arrived Shanghai from Japan aboard the Asama Maru

们不得不找寻些新的刺激来延续经济的危机，非常时的呼声就在这种原因下喊得震天，于是一面竭力制造苏联备战的空气来刺激国民的视听，一面在远东反苏先锋旗帜的掩护下，加紧对于我国国土的掠夺。那制造傀儡丑剧能手土肥原贤二①不时地往来于平津济并之间，尽力促进分裂运动

① 土肥原贤二，日本陆军大将，主持情报工作。

的实现，冀在一个新的丑剧搬演上来转移国民对于经济后落的注意力。有田八郎的出任驻华大使，这正是在“亲善”“提携”的烟幕下又一方面的演出。

不过中日外交进行的前提并不是人的问题，而是此后日方外交摆脱军部的羁绊。倘若依旧在军部的牵线下，那末，纵换百十个大使也难觅解决悬案的方法。因为日方的真正舆论也不愿中日外交老是停顿在现阶段的对立上，更不愿中国就长此被人侵略致缩小甚至消减对华的输出。但是在畸形控制下，军人的跋扈却生生地强奸了大多数国民的意旨。

中日外交绝不是没有调整的可能，不过这调整的关键实建筑在双方国民的友谊上。倘若用强奸的方式意欲我国立在殖民地农业输出国的立场上去供工业资本国的剥削，那末，这被压迫者群的怒吼，定将唤醒中国，唤醒世界来。

最后，我们还得认识的，在现阶段的中日关系上恐不是樽俎衡折所能调整的，因为那现世界的吸血虫并不曾放弃对于榨取弱小民族的企图，同时那在金融资本驱策下的军人又正在疯狂地进行备战，这百年来的旧恨，到头来终须用血来清算的。

1936. 2. 21

二十六

“一二·九”北平学生的游行示威高燃起民族抗敌的火焰，全国不愿甘心做亡国奴的民众对于这古城里透露出的蓬勃的生气都寄以热烈的同情，就是在强敌汉奸劫持下的冀省军警也都不愿自我的干涉爱国运动，虽是下乡宣传的爱国犯多在敌方的鹰犬的“保卫”下成车的送回这苍茫的古城，可是他们的精神和给予民众的影响将永远地长留在人间。

在这运动发生不久，平津的学联就在军警严密的监视下宣告产生。它领导有血气的青年去干那唤起民众的勾当，仅是环境如何的恶劣，官方如何的威胁，可是他们在民族生存烈焰的高燃下，却始终不曾改变他的初衷，这种英勇壮烈的行动将垂昭在民族历史的一页。

但事实也有出于意外的，平津学联不消灭于敌方牵线的傀儡政权下，却解散在政院堂的通令中。虽说这通令的颁布自有他外交的背境，但是我们眼看着自己政府对于爱国运动压迫竟也随时可以引用共党名义来作解散或逮捕的幌子，那末此后的人民爱国也成有罪？“九·一八”后，国联的抗争，“一·二八”时淞沪的喋血，又何必多此愚驴的行迹呢？

虽说平津学联的活动或有共党的操纵，不过这只须整饬阵容，并没有解散的必要。何况日下民众一致要求的不是此党彼派的分歧，而是对日战线的统一，谁能够率先抗日，谁就是我们民族的领袖，谁欲利用时机来逐一己之私欲，谁就是我们民族一致的仇雠。这点切望日前的统治者能加以深切的注视和了解。

1936. 2. 22

二十七

隔昨东京电讯，酝酿日久的扩充华北驻军案已得日皇裁可，并以第五师团一部取代华北原有戍军，这日俄战后第一次的动员已在“情形踊跃，空气紧张”（见同盟电通原电）下纷纷出动。

华北局势自去岁何梅协定签订后，关黄各师相继南调，平津危机早已超乎“九·一八”前的辽宁，迨后商震①消极，宋哲元②继丧省政，冀察两省无形变色，较东北稍胜一筹的就是名义上尚尾中央而已，只要我们对时事稍加留心的话，谁也不敢肯定的说冀察还完全是我们的国土。

在“友邦”一贯的国策下，华北五省早已成为他心目中反苏战时的粮台。那丰富的物产，那低贱的劳力正可以补他资源的不足，何况东西出多伦，掩有内外蒙进截西伯利亚的交通线以拊远东红军之背。在军略上，有莫大的价值，它不仅可以中裁中苏间的连络，并且还可作一举灭华的准备，在疯狂的军国主义的抬头下，又怎能不预为增兵呢？

---

① 商震，中华民国陆军二级上将，晋绥军早期将领。

② 宋哲元，中华民国将领。

日軍開華北

日本平津駐軍向我華北地方當局一再提出嚴重之要求同時陳兵四萬於長城沿線一俟我方拒絕其條件即長驅入關日本國內駐軍亦紛紛調遣由海道開來華北此為日本篠山第七十聯隊和歌山第六十一聯隊及高槻工兵隊在大阪開赴華北之影

Japanese troops in Osaka leaving for North China

增兵华北既将挟有田渡华而俱来，我们眼看着“友邦”对于我的加紧宰割，岂真能引颈受戮吗？倘若不，那么无疑地定将燃起历史的火焰，用我们英烈的流血来延续民族的生命。

掀天的暴风雨已笼罩了整个的天北，让我们鼓起英勇的亢进的情绪，高揭世界反帝的大纛，在民族的铁血的纪律下，在被压迫者血的基点上来冲出一条民族解放的血路。

1936. 2. 23

二十八

春，悄悄地爬上树梢头，爬上少女的心头，大地的一切都已在和煦的春风的吹拂下，透露出蓬勃的生气。

许是这平凡的心也已被春风吹荡了，它开始对这恬静的生活起了憎厌的情调。它要动，它要积极地去活动，它想在积极的活动里来拯救自己，来拯救和它同一命运的同类。

在并不是偶然的沉思里，终究决定了他今后的行迹，他将要去参加集团的生活，在同一志趣的青年的心的结合下去完成他们对于时代应尽的责任使命。

虽是我不敢说这群利用生活余略的青年都抱有种前进的志趣和对于生的改善的追求的愿望。不过我敢信他们都有他们卓越的目的，纵是这目的是不同的，但他们都将站在时代的最前线，执着创造未来的至高之上的理想，来成为这划时代的分割线的主要成员。

时代仅是怎样的黑暗，仅是怎样地张着它杀人不见血的巨口，但这在他们亟亟地追求着生的改善的一群，并不能给予他们以任何的威胁，因为在每次生的折磨里，使他们生长出奋斗的勇气来。这勇气不仅鼓励他们前进，并且还在他们的心底深处高燃起生命的热力。在这生命的热力的照耀下，他们将要去履行历史的任务。

记着，我们是历史的创造者，别再这样地旁观着，静瞧着这现世界的吸血虫来吮吸我们以及和我们同一命运的同类的精髓！

1936.2.24

二十九

近二月来，由于新货币政策的刺激，国际贸易顿起了激切的逆转，竟由频年的入超而一变为出超。去岁十二月份和一月份海关统计，共出超八百余万元。在这国际关税战，货币战日趋白热的当儿，眼看着我国国际贸易竟能突破市场倾销的重围，开出朵殖民地贸易的奇葩，自不能不深引为欣慰。

不过我们一检讨去岁主要进出口商品的分类，却又不得不替国际贸易的前途抱着寒心，查出口商品以桐油占首位，丝销次之，再次为蛋及蛋产品，此外，棉纱、皮毛、脂物性脂肪、原棉、轻金属以及手工业制品等都占相当的数字。至入口商品，首推米谷，竟值五千零九十万金单位，铜铁次之，机器又次之，原棉医药用品、毛织物都占有优越地位。桐油系制漆主要成分，丝及手工业制品都属奢侈的原料，蛋产品也不是必须的粮食，倘若国际间一旦有事，那末贸易数字定将显呈惊人的锐减，至于主要输入商品谷类为我民食所必需、钢铁为军事原料的不可或缺、机器对于我工业落后国自也有相当的功能。但一考机器的分类，发电机竟超过工业发动机的数字，这在民族复兴的立场上，恐怕只能增进都市的繁荣而不能稍有助于经济建设吧。

进口贸易的不旺，虽能归功于货币的贬值，但是一般购买力的低落却也是不容伪饰的事实。何况由于频年不景气狂潮的波荡，整个的农村经济，经不起资本主义和封建主义余孽的双重压榨，早已达日薄崦嵫的现象，在帝国主义过剩商品的大量倾销下愈将增重我民族的危运危机。

出口贸易的激增在表面上虽似由于新货币政策的收效，可是夷考实际，却又十足暴露现世界备战的狂热。查芝麻为爆炸物主要的原料，轻金属又为制造航空机所必需，桐油在新的战争里也占相当主要的地位。此外，如原棉、皮毛、植物性脂肪、蛋及蛋产品虽非必需品，但在战时自有它的功能和需要，所以我们对于最近出口贸易的活跃只能说是现世界的备战狂所促成，而不能遽加乐观。倘若因出口贸易的旺盛就以为整个经济的好转，那末这违反现实的观察恐怕就将在时代的铁轮下碾得粉碎。

就出口贸易的全面讲，我们不仅不能稍抱丝毫的乐观，并且还对这未来的世界怀着无限的杞忧，假使这国际间的白刃战竟在本年度爆发，那末在硝烟弹雨的笼罩下，不仅将要夺去我主要的国库收入，酿成度支不均的危机，就是由于食粮告匮、军需原料缺乏，也将予我民族战争以重大的威胁，甚至成为我致命的创伤。我们对于这未来世界局势的展开又怎能因偶然的贸易出超就遽抱乐观呢？

1936. 2. 25

三十

帝国主义特别是“友邦”对于中华民族的腹削压榨自经济恐慌爆发来，已由幕后牵线而一变为亲自导演了。万宝山案发生后接着就是朝鲜的排华侨居，在京城平壤的成群同胞都在莫须有的罪状下，或是遭当局驱逐，或是受鲜人的殴辱，纷纷地退向到死亡线上来，不久北大营的炮声又发动了世界内战的警号，三千万同胞在敌骑纵横下度着非人的生活。此后，淞沪、热河以及长城各口的战役，敌人除挟有优越的炮火发挥他绝大的威力外，又復恁一时的喜怒随意杀戮交战国的人民，最近在发生殴毙大康纱厂工友梅世钧的惨案后，又产生六日殴毙马阿挑的惨剧。

只是加緊，如一點不對，馬上就開除；工友們如三兩人在一道談話，就誣說你是『反動份子』，馬上把你開除或捕去；在廠裏無論男女工友、××工頭隨時任意來搜查我們，在這種非人待遇情況下，本月三日上午悲痛的慘案開演了！

[illegible]人打死的梅世鈞

這一慘案的事實和經過是這樣的：這天上午有一個男工友梅世鈞上工，××人蠻不講理，混身搜查，查出梅世鈞身上藏有他從前當士兵時所照的軍裝照片一張，該××赤佬不問情由，一口咬定說梅世鈞不是居心來做工的，定是『搗亂份子』，於是來了一羣××人圍着就是拳足棍棒一陣亂打。當時梅工友就被他們打得重傷吐血了。工友們拚命救援，保得當塲沒有打死，但是梅工友的鮮紅熱血已流得滿地都是，到了第二天（四號）上午，梅世鈞工友就和我們男女工友們告永別了——死了！

當梅世鈞臨死以前廠內男女工友們都紛紛到工

本来，在这资产阶级统治的世界里，现实的悲剧随地可以见到，何况在这资本主义双重宰割下的中国群众，个人的生死原不是件怎样了不起的事。反动或是怠工的罪状随时可以使你失业，甚至还有生命危险，就是殴毙个思想比较前进、行动比较惹目的工友，也只须一二百元钱就能事了。因为在这世界的天之骄子的资本主义的眼光里，只要被压迫民族不团结、不反抗，那末一切事都可由他任意武断、任意宰割的。

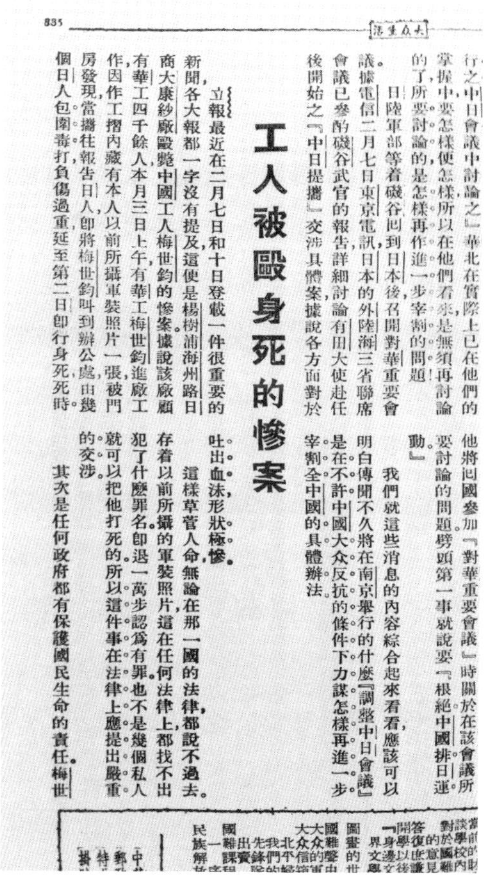
335 大众生活

行之中日會議中討論之』華北在實際上已在他們的掌握中，要怎樣使怎樣，所以在他們看來，是無須再討論的了，所要討論的，是怎樣再作進一步宰割的問題！

日陸軍部等着磯谷回到日本後，召開對華重要會議。據電信二月七日東京電訊，日本的外陸海三省聯席會議已參酌磯谷武官的報告，詳細討論有田大使赴任後開始之『中日提攜』交涉具體案，據說各方面對於他將回國參加『對華重要會議』時關於在該會議所要討論的問題，劈頭第一事就說要『根絕中國排日運動』。

我們就這些消息的內容綜合起來看看，應該可以明白傳聞不久將在南京舉行的什麼『調整中日會議』是在不許中國大众反抗的條件下力謀怎樣再進一步宰割全中國的具體辦法。

工人被毆身死的慘案

立報最近在二月七日和十日登載一件很重要的新聞，各大報都一字沒有提及，這便是楊樹浦海州路日商大康紗廠毆斃中國工人梅世鈞的慘案。據說該廠顧有華工四千餘人，本月三日上午，有華工梅世鈞進廠工作，因作工摺內藏有本人以前所攝軍裝照片一張，被門房發現，當攜往報告日人，即將梅世鈞叫到辦公處，由幾個日人包圍毒打，負傷過重，延至第二日即行身死，死時吐出血沫，形狀極慘。

這樣草菅人命，無論在那一國的法律，都說不過去。存着以前所攝的軍裝照片，這在任何法律上，都找不出犯了什麼罪名。即退一萬步認為有罪，也不是幾個私人就可以把他打死的。所以這件事在法律上應提出嚴重的交涉。

其次是任何政府都有保護國民生命的責任。梅世

梅世钧的死是因为他身怀本人的武装照片，于是就在“捣乱分子”烟幕下生生地被打得吐血以至于死亡；马阿挑的死是因为正义的抗辩招致日工的怒气，在铁管的猛击下迅速地把他送向最后的去处。他们二人的死并不是饥饿的压迫，也不是严寒的侵袭，而是在“友邦”人民的兽行下

告终了他们的生命。虽是他们是安分地为生活而工作着，为正义而声辩着，但在“东亚安定势力”的臣民的威胁下，就这样地做了他的牺牲品。不过，他们不死在生活的高压下，而却死在现世界的吸血虫的鹰犬们的凶政中，这在我们看来却万不能不认是为现实悲剧中的悲剧。

世界的吸血虫为欲延续本身的垂危的生命起见，正在加紧对于弱小民族的宰割，要求原料市场的呼声、重新分割殖民地的提议以及“友邦”最近在冀察丑剧的演出，无一不以屠戮我弱小民族为对象。要是我们愿意做个帝国主义腹削下的顺民，那除了俯首贴耳听任他吮吸你仅有的膏血外，自然没有什么话可说。倘若不，那末么我们定将执行历史的任务，掀起反帝的高潮，在民族解放警钟的狂敲下，在反对腹削的一致的阵线步伐下携手合作，共同奋斗来冲破这建筑在我们身上的帝国主义的营垒。

1936. 2. 26

日本軍人暴動

COUP IN JAPAN

內大臣齋藤實

Ex-Premier Saito

首相岡田啓介

Premier Okada

軍事教育總監渡邊錠太郎

General Watanabe

藏相高橋是清

Finance Minister Takahashi

The mutinous troops, consisting of about 3,000 men of the 3rd Regiment of the 1st Division, seized various government buildings on Feb. 26. Four of Japan's leading statesmen, Admiral K. Okada, Premier, General J. Watanabe, Inspector-General of Military Education, Admiral Viscount Saito, distinguished ex-Premier and Mr. K. Takahashi, the 82-year-old Minister of Finance were assassinated. It is believed that the revolt is an expression of the struggle of military extremists for political supremacy. A latest information reached here stating that Admiral Okada had not been assassinated and was still Premier of Japan. His brother-in-law, Colonel Denzo Matsuo, who somewhat resembled him, was killed by mistake.

二月二十六日，日本東京駐軍第一師團第三步兵聯隊士兵二千餘人，於奉命開「滿」之際，突然譁變。內大臣齋藤，軍事教育總監渡邊兩重臣被殺；藏相高橋受重傷，旋即斃命；御前侍從武官長鈴木受傷後數小時亦死；元老西園寺與前掌璽大臣牧野，臨時走避，得免於難；首相岡田，當時傳其已被殺害，事後始知死者爲其妹夫松尾大佐，岡田以藏匿得免。據路透電：變兵並有乘機放火搶劫情事。無辜被害者達百餘人。事態之嚴重，遠非五一五犬養首相被刺事件可比。重要原因，在於元老重臣財閥及政黨中之穩健份子，不贊成法斯西派之極端政策及無限制財政膨脹，以致引起石派軍人之怨恨而起。倘使此後日本政權因此完全操於法西斯派之手，則對華對俄之政策，將視現在更爲急進，遠東戰禍，更難避免矣。

三十一

震惊世界的“二·二六”事件[①]在“友邦”少壮军人对现内阁政策不满的绝端愤懑下发动了东京的兵变，在有计划的暴动中，由几个麻醉在疯狂的军国主义下的青年军官的统率，分别向主张政党政治的各官署进攻，冈田内阁属下的斋藤内大臣、渡边总监、高桥藏相、铃木侍从长官、牧野伯爵都做了这事变的牺牲品。

当政变发生之初，叛党即率众冲入藏相官邸，予此八二老翁高桥是情以重创，同时又复分途袭击外相官邸，冈田首相当在睡梦惊醒中被暴徒击毙，渡边总监亦在撕去肩章的军人的围攻下毙命，西园寺公虽幸而获免，可是牧野伯爵、铃木侍从和斋藤内大臣也都或死或创身及于难。事后并由军部公布政变情形，这种有计划的暴动竟在大选方以民政党胜利的传闻里发生，这内在和外线的矛盾实不啻象征未来的政权行将揭去“宪的常道论”的外衣，而是以赤裸裸的指挥刀的统制。

由于频年农村的破产，中下阶级的后落，在金融寡头

① 1936年2月26日发生于日本帝国的一次失败兵变，日本帝国陆军部分“皇道派”青年军官率领数名士兵对政府及军方高级成员中的“统制派”意识形态对手与反对者进行刺杀，最终政变遭到扑灭。

主义统治下，早已孕育成法西斯蒂的胎儿。这后，“五·一五”事变又复泄露春光，隐示法西斯主义的抬头。永田被刺事件的发生，只不过是军人干政运动又一面的演出。近数月来，由少壮军人策动下的满蒙两方，在满洲里举行会议和主张华北五省树立自治制度，又在温和派政党政治的掣肘下相继失败，于是少壮军人自不能不悻悻于心，加以永田被刺后，少壮军人所期待的后果又为温和派所遏制，致未能实现，实愈益招致少壮派军人的愤懑。昨日政变的发动，不是在反对“元老重臣财阀军阀官僚政党等等，即破坏国体的元凶”的旗帜下发生的吗？

在绝端的爱国主义的控制下，此后不论谁起组阁，对内对外政策必将趋于相当的强硬。不过目前我们所能预测的一方对苏关系自将日趋严重，一方对华政策也将愈益急进。冀在内在外线的刺激下集中国民的注意力，使得在疯狂的军事准备下稍缓整个经济大山的爆发和崩溃的厄运。

基于对苏危机的日迫，自不得不加紧对华的控制。此后，“友邦”军人在华北的进出必将力促这强迫受胎的胎儿加速地长成。因为“友邦”先天的不足，一切资源的供给都不能不求诸这物产丰富的华北，同时在军略方面出蒙古以逼截西伯利亚的交通，又为制胜的唯一捷径。所以，我们惊悉东京政变的发生，不仅不能抱对华政策的延缓或是日苏战争即将发生的奢望，因为相反，正是“友邦”在反苏战争前对于后方粮台加紧的统御和腹削。

1936. 2. 27

三十二

“一二·九”来，由于民族反帝意识的抬头，各地爱国运动相继发生，虽因反动势力的高压，在莫须有的罪状下解散了各地爱国组织，可是在每个国民的心田里抗日情绪却已孕育而生长。

学生的英烈的壮举既发动在这苍茫的文化城，于是民族解放的烈焰就弥漫了整个中国，从乡村到乡村，从城市到城市，国际帝国主义支配下的全中国都感受到民族解放的怒火的剧震，它将烧毁被压迫民族颈上的桎梏、世界剥削者群的营垒和帝国主义所加在我民族身上的枷锁。

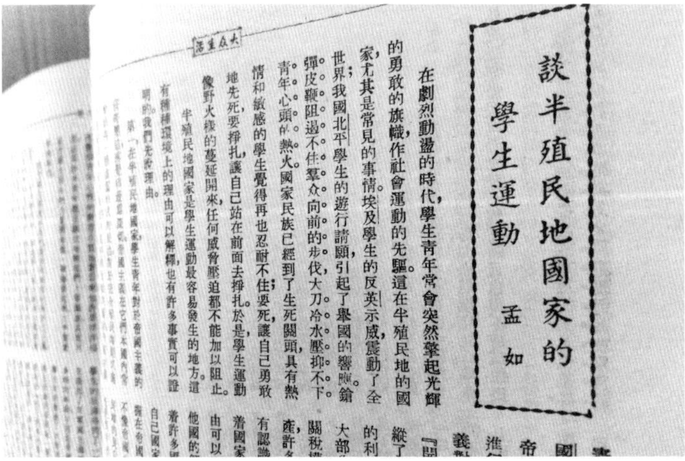
大众生活

談半殖民地國家的學生運動

孟如

在劇烈動盪的時代，學生青年常會突然擎起光輝的勇敢的旗幟，作社會運動的先驅。這在半殖民地的國家，尤其是常見的事情。埃及學生的反英示威，震動了全世界；我國北平學生的遊行請願，引起了舉國的響應。鎗彈。。。皮鞭。。。阻遏不住羣众向前的步伐，大刀。。。冷水。。。壓抑不下青年心頭的熱火。國家民族已經到了生死關頭，具有熱情和敏感的學生覺得再也忍耐不住；要死，讓自己勇敢地先死，要掙扎，讓自己站在前面去掙扎。於是，學生運動像野火棧的蔓延開來，任何威脅壓迫都不能加以阻止。

半殖民地國家是學生運動最容易發生的地方。這有種種環境上的理由可以解釋，也有許多事實可以證明。我們先說理由。

在民族解放烈焰的高涨下，《大众生活》本着整个民族的立场和意识，主张立刻发动民族解放的英勇抗战。但竟因思想的比较前进，文字的比较激烈，致遭受恶势力的种种压迫，在停邮没有什么功效后，就继之以查禁，这在民族解放过程中自不能不认为种严重的打击。

不过刊物的停刊，并不能遽说它是完结，因为在惨淡的经营下，在艰苦的奋斗中，定将生长出个人格，生长出个新的人格来。

为我寄语主办《大众生活》的先生们，只要我们继续地努力，不断地牺牲，在抗敌救亡的运动中来共同执行历史所赋予我们的使命。

1936. 2. 28

三十三

量才夜校国特班的级友会在全体同学的共同努力下，基于对文艺都抱有种特殊的兴趣和正确的认识，飞快地在各同学精神一致的灌溉下发育长成。

在级友会甫告组织后，当前的问题就横梗在我们面前，这问题是什么？就是关于此后写作方面中心思想的确立。

北大营的炮声早已打破了我们苟安的迷梦，由于帝国主义特别是“友邦”的加紧榨削，整个农村经济早已在大量的过剩商品的倾销下溃决了它的固有的壁垒，畸形发展下的都市虽也曾有过某一时期的繁荣，可是经不住国际金融资本的侵袭已达到外强中干的境地。成群的失业大众抛弃了荒芜的田园，纷纷地聚集到都市里来，但是都市里工厂的烟囱却因不景气的普袭逐渐地减少了它的冒烟的次数，于是街头的流浪者只日见其激增，这广大的普遍的失业者群的泛滥该将造成种怎样的奇迹。

“一二·九”北平学生掀起的抗日的高潮早已弥漫了整个的中国，从乡村到乡村，从县市到县市，只要是不愿甘心做亡国奴的人们都感受民族解放的怒火的剧震。我们基于世界大同的信念自将联合全世界弱小民族共同奋起来执行历史的任务，因为我们拥有世界四分之一的人口，不仅要做世界反帝的先锋，并且还将成为弱小民族解放运动中主要的成员。

在这样的环境下，文艺的立场自然不能脱离时代的背境和历史的使命而独立，因为在这动乱的时代里，不论恋爱的悲剧或喜剧，这些违乎时代、充满着小资产阶级意味的作品对于我们似乎根本不需要。不过我们并不是反对在这写实主义的作品里穿插个罗曼史，因为在我们青春之火的高燃下，某一时期原也需要某种情调的慰藉。

同时在我们从事写作的当儿，对于这社会的阴面自也当加以特别的注视和深刻的观察，譬如当我们描写舞场的伟大场面时，对于设景的富丽、布置的堂皇、典型人物的丑态、浪子淫妹的享乐自当多方加以曲折的渲染。不过在这渲染的背后，永别忘了还埋藏个可怖的现实，倘若我们忘却了这蕴伏着整个社会危机的现实的演出，那末，这种作品就不啻甘作布尔乔亚的御用物。

最后我们还得声明的，我们并不曾抱有任何的成见，我们诚以坦白的态度，接受各位同学大胆指出我们的错误和为此指正。我们不仅希望级友们能加以竭诚的参加和指正，并且还希望夜校里的同学们都能来加以共同研讨，使得在同一的志趣和目标下来奔向救亡图存的前程。

最后我们谨以一万二千分的诚意，切盼夜校里的同学只要是具有和我们同样的志趣，希望他都能来参加我们的集团。同时，凡社会上爱好文艺的先生们，我们也竭诚欢迎他们来共同研讨，使得在同一志趣和目标下来奔向救亡的前程。

不过同时我们对于这些搂抱在燕尾服绅士们的怀里出卖灵和肉的女人们，生活和内心的痛楚在酒精尼古丁数重麻醉下却还不曾完全丧失她灵感的心情和对于未来生之改善的诚挚热烈的追求，都应加以更详切的描写和叙述。

1936. 2. 29

三十四

在二姑母家的座谈上，使我整个浸沉在天伦的乐趣的氛围里。不过终因年龄的差别，在我们间显是划分个思想的鸿沟，这森严的壁垒似将隔绝我们兄弟间一切友谊的结合。

由于年来在社会上的倾跌，使我对于现实多了层深切的认识和明瞭。在并不是偶然的沉思里，家庭的爱和人类的爱，时时地在我的心头决斗，但终以多方的顾忌累使我陶醉其沉思的深渊里。

新的刺激的憧憬，终使我重又鼓起前进的勇气，固然我爱家庭，我爱世界，但我尤爱这世界上和我同一命运的人。

我愿这世界里和我同一命运的人类，为欲拯救更多的比我们更不如的被腹削者的生活的改进起见，齐向这新的刺激的憧憬而努力。

1936. 3. 1

三十五

昨宵，那春寒未消的昨宵，我做了一个恶梦。梦中我不自知地步入了苍茫的深山，那幽青的林壑、那悬削的巉岩，充满了寒冬的积雪的山溪和那渺无人迹掩盖在枯叶下的捷径。有时林风打动着松涛，发出种掀地的怒啸，这怒啸弥漫了深山，弥漫了大泽。

捷径是愈走愈陡峭了，充盈着整个山谷的只是荒凉的一片。蓦地从远处传来了一声怪吼声，跟着这庞然的雄狮在飒飒的松涛的起伏下快飞地出现在我的面前，我迅捷地倒下身来，静躺在这野草深处。这时一切都是死样的静寂，在这死样的静寂里，几乎可以听到我心的跳跃。

雄狮为欲解除它的饥渴，终究开始它的怒吼了，于是成群的野兽，不论猴鹿兔羊都悄悄地静伏在它的脚边，它张了张血盆似的大口，用它贪婪的目光开始对野兽们的选择，静伏在它的左边的丰满的山羊就在一阵和婉的挣扎后，血肉淋漓地在它的嘴部敏捷动作下渐渐地消蚀。它懒洋洋地伸了伸腰，继续用它的前爪去搏那在草间跳跃的猕猴。但猕猴是灵活的，迅速地拾了块山石狠命的向它的头部掷去，于是掀天的怒吼震动得山间的林木隐隐地发响，雄狮终究是大怒了，它移动着衰老的步伐，举起犀利的利爪，尽力向那戏弄它的猕猴扑去，可是猕猴却始终运用自己灵敏的身子荡在老树的枝干上向它欢笑挑战。

怒火飞快地烧炙了这万兽王的全身，它不顾一切地竭力想抓住那刁滑的猕猴，生生地在它的巨爪下处死。但猕猴娇小的身子却很自然地在这林间跳荡。在频频的失望下，那暮年的动作的迟缓，终究不能再掩盖它的衰老，静伏在脚边的群兽又开始它们对于它并不是怀着好意的骚动。

风是凯旋，松涛是它们进击的战鼓，静伏在它的脚边的群兽都是它的敌人的有力的斗士。从林间到林间，从山谷到山谷，狮王统治下的全领域，随处都感受到这新的斗争剧震的开始。它们这群预备做雄狮的充饥品的群兽将要燃起它们心头忧积得太久而亟思迸发的怒火来，完成它们历史的使命。

电灯在夜的寂寥的氛围里依旧吐露着它的白热的光芒，我转了个身，在心潮的起伏下，对着像在旋转似的天花板发呆。

1936. 3. 2

三十六

本市航空协会因今岁是蒋委员长五旬荣庆准备征募飞机六架以资献祝。在民族敌人的屠刀已横架在我们的头上的当儿，我们对于航空协会的建议自当以万分的同情。

首都民衆熱烈參加
蔣院長壽辰獻機典禮
何應欽代蔣接機奉獻林主席
飛機卅餘架表演散祝壽傳單
會後在勵志社有極盛大宴會

林主席授獎狀

大會主席
吳鐵城致

蒋委员长在革命过程中的殊勋确是谁都承认的，尤是年来对于国内政治经济的策划，已在民间树立相当的信仰。不过在对日交涉无限制的退让下，自不免使我们抱着几许怀疑的情调。

在军政领袖举行荣庆的时节，民间由景仰而送致的礼物，当然以对国防上有相当的裨益的为最相宜。何况帝国主义特别是“友邦”的剑锋早已由东北而热河而平津，整个的黄河领域已大半在敌人特务机关的控御下，逐渐地踏上了沦亡的领域。在这空前的国难期间，购置无谓的礼物来献祝，自不如征募军用品以预作对日的张本，更具有深长的意义。

不过，在献礼的当儿，我们更希望于蒋委员长的就是把对付挣扎在饥馑线上铤而走险的人们的枪口来转变它的方向，去积极对付民族敌人的侵略。不仅这样，我们更希望在民族领袖的领导下，集合在同一战线上来，作世界弱小民族解放运动中的先驱。

1936.3.3

三十七

外交部近以日机时在华北不法飞行，虽累提抗议，奈何未圆满答复，所以特于本月二日照会日方，促其尊重中国主权，倘以后如有同样事件发生，当采取适当处置。在这中日交涉无限度的退让下，我们对于这字面上较形强硬的抗议，自将严重注视这抗议的后果。

在日本帝国主义有计划的一贯的侵略下，华中以至华南的国土随时有沦为“九·一八”前的东北的可能。那华北政权不是在日本军人强奸式的受孕下产生出日下畸形的局面吗？我们基于以往的经验，对于这无理性的疯狂的帝国主义的唯一办法，不是钢笔和墨水，而是黑铁和赤血。

国联盟约、九国公约、非战公约在北大营高角度炮的怒吼下一夜间就撕得粉碎，虚无的条文对于我们究竟有什么收获？所以，我们日下所需求的不是成篇累牍的抗议，而是鲜明的事实的演出。倘若在“友邦”的利刃毒药下，我们依旧是退让，退让，那末，在这远东未来的历史上定将空留个多余的名词。倘若不，我们只有用赤血来加厚墨水的成分，用黑铁来支持钢笔的强硬，在铁和血的积晶上来创造个中华民族光荣的明日。

1936. 3. 4

三十八

“贫苦可埋葬一个人的前途，也可以激发一个人的志愿”，不错，那战后怪杰墨索里尼的身世不就是铁样的明证。

谁也料不到一个铁匠的儿子竟能在漂泊的生涯里完成他一生的伟迹。虽是在黑衣宰相的主持下的法西斯蒂，原只是种资本主义末期的回光返照，这反动的抬头，并不能拯救帝国主义的死亡，而且只能加速他的毁灭。不过我们对于墨氏在贫苦的激发下的奋兴，却并不能因他政治的反动就抹煞他在艰难奋斗中所造成的事实。

社会主义和法西斯蒂之间原是并没有多大的差异，不过，在他们间划分的鸿沟只是两个所代表的阶级的不同。在法西斯蒂有力的统治下，有时虽能使经济很快地恢复繁荣，可是在这景气里受益的只不过是剥削者的一群。至于在真正的社会主义的统治下，他不仅能给予每个人以工作和面包，并且在被压迫者一致的努力下，还可将这帝国主义世界飞快地送进他自己掘成的坟墓。

贫苦虽是苦苦地围住我们，可是，我们并不曾因贫苦的煎迫就消靡我们的壮志，同时，还因贫苦的激发使我们切感到有奋发的必要。世界的贫苦者群，让我们用激发的情绪来造成个新的领域。

1936. 3. 5

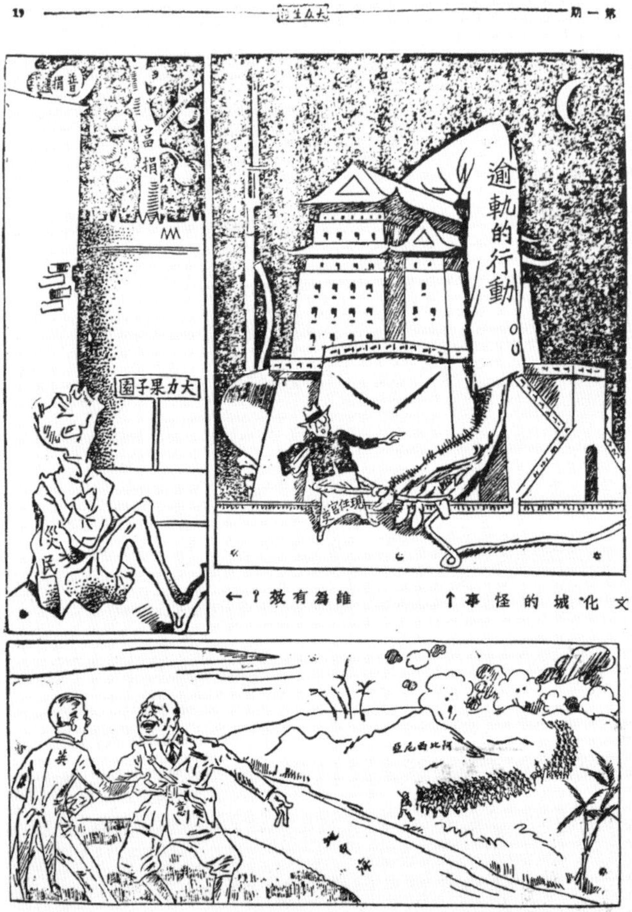

三十九

“二·二六”事变所造成的紊乱局面，最近因日皇组阁大命降于现任外相广田弘毅，于是这漫天的阴霾早已烟消云散，转又入了个新的境地。

由于年来，国内农村的破产，国外市场的攘夺，整个日本的中小资产阶级都切感到没落的苦闷。同时，在寡头支配下的金融资本又感觉到既成政党的不够向外拓展市场、对内镇压反动的抬头，于是不得不利用中下阶级的绝端爱国主义在内在外线的矛盾下去扫荡那“左倾”的国贼。

效忠皇室的观念，本已成为既夷民族的中心思想，在每个人的心田里都生长着同一的根苗。近年因世界不景气的激荡，整个农村经济已达到了山穷水尽的境地。于是，出身在中下阶级的军人思想方面自发生种种的不稳，在一贯的封建遗毒的麻醉下，绝端爱国的法西斯蒂就风起云涌的昂奋起来。

右翼运动的抬头，跟着世界经济的不景和国内无产阶级的奋起，就很快地弥漫了这整个的岛。昭和五年的滨口被刺，只不过是这种运动的发轫，这后，六年的三月事件，锦旗革命和同年的井上准之助藏相邸的被炸，七年，井上

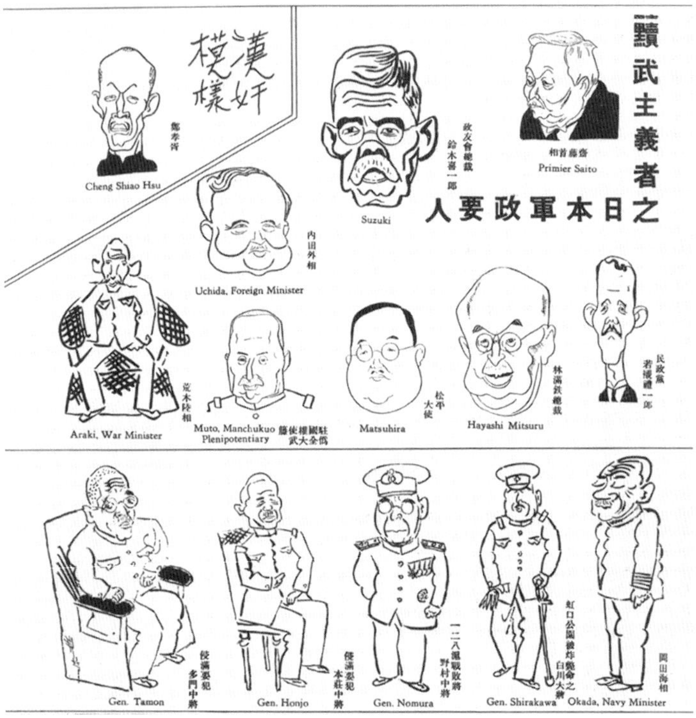

被刺，同年的三井王国支配者团琢磨[①]的遭人狙击和血盟团暗杀事件的暴露以及“五·一五”（昭和七年）震惊世界的犬养毅事件和最近的第一师团小组部队的暴动，几无不显示在军人支持下的法西斯蒂一贯的政策。

广田内阁既在这种恶劣的环境的包围下开始成立，此后，对内对外的政策自将悉听军部的鼻鼾。同时为欲解除国内矛盾的深刻对峙起见，自不得不亟谋向外发展，博藉

① 团琢磨，日本企业家，战前三井财阀的最高领导。

国际的刺激以转移国民的视听。所以，此后的对苏对华政策必当趋于相当的强硬，在远东的反苏前卫的烟幕的掩护下来加紧对华的压迫。

基于对苏国际关系的恶劣，自将对华开始急进的政策，华北以至华南的危机，在“友邦”一贯的政策下，必定愈益逼近危亡的领域。我们基于民族生存的信念，一方固将密切地注视此后远东局势的发展，同时一方对于国力的充实、外交的活动，也将竭尽其力在二次世界大战未爆发前来赶紧完成个民族战争的壁垒，使得在这新的斗争里，替弱小民族竖起幅解放的大纛。

1936. 3. 6

四十

量才夜校国特班的级友会在今晚七时于大陆商场举行成立会，但因人数不足，结果无形流产。我们在这级友会成立的前夕，对于未来的展望，实不容我们抱有丝毫的乐观。

无论一个什么会的成立，中心工作自是它的先决问题。现在我们既没有中心的思想，又没有中心的信仰，但凭着一时的激情的冲动，就贸然去从事没有中心信仰的工作，这点基于迈进青年的朝气的观点固值得我们钦佩，可是在事实展开的平面上却恐怕只能给予我们失望。

失望在整个人生的过程中只不过是崎岖山径上的卵石，这卵石虽似可阻止我们的前进，但有时在累积的倾跌里却能使我们增多不少的经验。所以级友会的前途充满着无数的阴霾暗淡，可是在这暗淡氛围的包围下我们还将勇敢地来接受失望。

失望并不能给予我们任何的打击，我们将以勇敢而坦白的态度，平淡地来接受又一次教训的赐予。

1936. 3. 7

四十一

“三八”妇女节在各界举行形式上的庆祝的时候悄悄地到临了，这劫余的人间，这一天除舆论上去撰几篇祝颂的文字外，只是老演着幕开会演出的把戏。

妇女在这充满着火药味的世界，从西欧到远东都切感到无形的威胁。褐衫党员为欲稍抑失业的狂涛的澎湃，在“卍”字旗的统治下，高声地喊出妇女回到家庭的呼啸，这是在西欧方面反动的抬头。在远东，整批的白俄妇女因为政见的互异，致不容于克里姆林宫的主人就成群的出亡，在国外度着流浪的生涯。同时在中国由于灾害的侵袭、封建残余的蠢动，从都市到乡村，不论是职业或非职业的妇女，都受到有形或无形的腹削。虽是高唱着妇女解放的妇运，主持者们已占了社会上相当的地位，但这地位的运用对于整批的被压迫妇女是无为的。

妇女解放运动我们不仅竭诚地期望它的成功，并且还将尽力去促成它的生长。不过我们所期望的不是都市妇女的趾高气扬，而是希望这种埋葬在生活的底层的妇女能获得解放，但是这解放的成功，终须还要她们自身的努力。

努力吧，这身饰着划时代的悲剧的妇女们，不过当你们逐渐前进的当儿，永别忘了，倘若整个民族没有解放前，

妇女解放运动的抬头，恐怕也要在双重压迫下葬送了她的前途。

1936. 3. 8

四十二

“两日天没有饭下肚，真的要饿死了。”在静寂的归程中，那垂死的挣扎的哀鸣，蓦然地震荡了我的心弦。

我叩动着这被蓦然的情绪所激动的心弦，莫名的惆怅不禁阵阵地逆袭上来。我怜悯着他的暮年的遭遇，但我又没有力量可以拯救他，虽是暂时的衣食的供给在某一时期似乎还能勉强支持，可是此后辽长的岁月又岂是救济所能济事。

两种不同的心情，顿时在我的心头起了激烈的搏斗，我不忍眼看一个人生命的毁灭，又不忍眼看着一个被社会淘汰的人悄然地死去。但我并没有方法可以去延续他的生命。在饥饿的袭击下，虽在某一方法下固能暂时延长他若干日的寿命，可是在这垂暮的生命的延续下，只能给予他多受若干日生活的磨刻，倒不如在饥饿的猛袭下加速地送进死亡的陈垒来，给他个永久的超脱来得干净。

世纪末的悲剧随时随地在这畸形的社会里演出。这弄堂老翁的故事只不过是这悲剧中的一幕。我固然对这老翁表着万二分的同情，但尤使我对于整个的社会发生更大的疑问。社会的一角正在毁灭一个被社会遗忘的人的生命，可是在社会的又一角却又进行着榨压以致毁灭某一些人的生命的阴谋。这两种可怖的事实的对照，愈使我坠向对于现阶段的社会的怀疑的深渊，我固需要对于这一问题的解答，但我尤切盼这问题的解决，倘若这问题没有适当的解决的办法，那末，继其后的悲剧怕只有对于现社会的更大的憎恶和破坏。

时代的丧钟在多方的内在外线的矛盾的对峙下早已达到决斗的尖峰。从西欧到远东，从北美到东非，那现世界的不愿再生活在榨压机下的人们都开始着他的蠢动，这蠢动不仅要毁灭帝国主义的统治的营垒，并且还将彻底改造这现社会的一切不合理的机构。

死并不是完结，至少在这老翁的死是如此，他不但不能使我消沮，并且还将给我种更深的认识，在这更深的认识里，将要促使我去参加一种新的解放的争斗。

1936. 3. 9

四十三

窒人的火药味在政治经济多方不调和的色彩下早已充满了整个世界，以日本为中心的远东问题和以德国为中心的欧洲问题，正似大山的喷发口疯狂的散播着战争的种子。但这两个火药库究竟哪一个首先喷射出杀人的毒焰呢？在没有显明的事实演出前，我们当然不能作机械式的肯定。

历史跟天下的真理一样，并没有一成不变的存在，同时也没有偶然的变故。因为无论什么事变的发生，都有它内在和外线的成因。本月七日希特勒向全世界绅士们所投下的炸弹，自有他相继相成的因果。倘若我们忽略这点，不仅不能更进一步去观察事变构成的元素，并且还将为历史所嘲弄。

1870 年威廉第一和拿破仑第三的会战，早已种下欧洲两大民族间历史的仇恨。阿尔萨斯、洛林二州的谁属，只不过是象征这两大民族间某一民族武力的抬头。从 1870 到 1914 这辽长的四十三年的岁月中，虽似象征着欧洲长时期和平的保持，可是潜伏在这长时期和平的世界里，不是双方仇隙的消释，而是彼此在复仇和荣誉的持续矛盾下进行着又一次屠杀的准备。这冲突的焦点跟着双方矛盾的尖锐很快地由生长而成熟，塞拉甲窪的一弹终究展开了人类大屠杀的序幕。

巴尔干的纠纷本已代战前的世界遗留下战争的火种，奥匈帝国和沙俄的角逐，德意志殖民政策和大不列颠海上霸权的冲突，自是上次大战的主要成因。此外，由于工业革命的刺激而抬头的民族主义的思想，在不健全的议会政治的孕育下早又酿成帝国主义的躯壳，加以当时世界原有的殖民地已早在工业资本发扬期间被各工业先进国一一收入自己的版图。于是，在错综复杂的外交的阵容的对峙下，各自组成种利害不同的森严的壁垒。

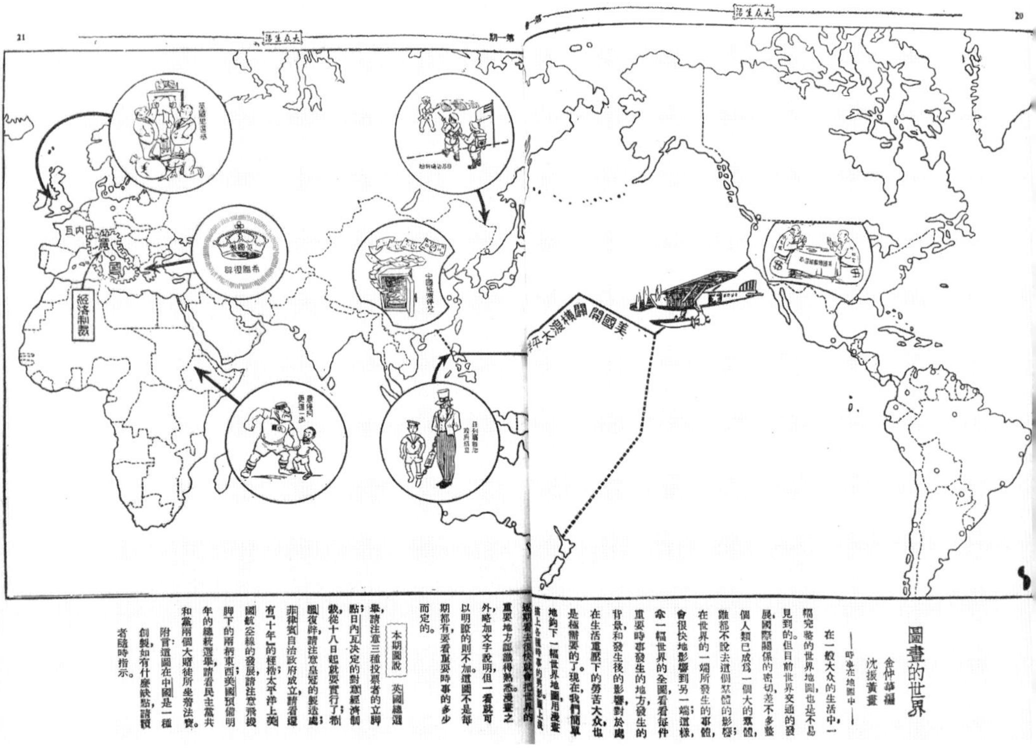

帝国主义间国际经常关系的维系，原只是基于相互利用的基点上，这基点的脆弱随时可以在政治经济的权益的引诱下宣告崩溃。裴迪南大公的被刺，既促成奥赛关系的恶化，在大斯拉夫主义强有力的支持下，迫使维也纳走上对塞作战的第二帝国。基于三国同盟的义务，就向俄提出最后通牒，要求他立刻解除因奥赛宣战所颁布的动员令和撤退集中在奥国边境的军队。八月一日，德政府所提出的最后限期已届，俄国还没有相当的答复，于是德国就正式对俄开战，德俄开战后，法郎帝国的助俄攻德早为柏林策士所熟知。所以一方在对俄作战前，会饬驻法大使探询法政府对于俄德宣战后的意见，并要求占据法国的二要塞，以为担保凯陶赛主人当然不能接受这无理的要挟，立时发出全国总动员令，八月三日，德国就借口法飞机的越境飞行向法宣战。这历时四年的人类的大屠杀，就在三国同盟和三国协商的二大帝国主义集团的对峙下开始作那人与人间生命的赌博的搏斗。

沉迷在武力征服世界的威廉第二以为日耳曼优越的人种、超特的火力足以摧毁协商国抵抗的营垒。然而，强有力的饥馑的袭击，却使驻防在基尔的海军高揭起要求面包和和平的旗帜。于是，革命的怒潮迅速地席卷了全德，大日耳曼帝国皇帝的宝座经不住汹涌的浪潮的激荡，很快地冲出了北海德国共产党的前身——斯巴达卡斯国就在李卜克内西的领导下轻轻地跃上了革命后的政治舞台。

新政权树立后的首要政策自是亟于要求停战，华府当局本已有调解的意向，一经德政府的邀请当然乐于接受。不过美政府出任调解的先决问题就是德国须完全承认威尔逊总统提出的“十四条款”为以后磋商和议的基础。十一月十一日，这苛刻的休战条件，经过数度的磋商，在饥馑威胁下的德国就无保留地忍痛接受。于是，这空前的生命的大决斗的重心又移向凡尔赛的坛上，去进行那胜利者对于失败者的宰割。

1919 年 1 月 18 日，所谓巴黎和会就在凡尔赛宫开始集议。在这和会席上他们所讨论的不是怎样去奠定未来和平的基础，而是进行着对于这失败者的如何宰割。天文数字的赔款，海陆军备的解除，殖民地的转让，和战败国土地的割裂。此外，还限期一次付足二百万万金马克，将所有一千六百吨以上的商船悉数交出，开放基尔运河，辟莱茵河东岸为不驻兵区域，莱茵左岸则由联军暂时占领，以为和约执行的保障。这重重的枷锁，一一紧压在同盟国的头上，奥匈帝国是解体了，在法郎帝国支持下的小协商就很快地在旧奥的领土上建立起来，霍亨索伦王室征服世界的雄心在事实先生的鞭子下早已打得粉碎，这漫延整个欧洲的战争就在钢笔墨水的签署下宣告结束。但是，由于这次会议席上的分赃不均和对于失败国的严厉惩戒，却又在这战后的世界遗留下再战的火种。

和约的枷锁虽已牢箍在战败国的头上，可是经济的破产却又间接给予战胜国的无形的威胁。法郎帝国以要索赔款为口实，不顾德国财政的如何困难，竭力加紧对于德国人民膏血的榨取。总理普恩加莱又以德人不履行条约为名，与比国联合出兵于1923年1月占领鲁尔，使德国经济因此更趋于绝境。于是，大西洋对岸的金元王国眼看着德国经济的破产，间接将要影响到国际贸易的衰落。就在谋德国预算的均衡和币制的稳定的烟幕下，以美国道威斯为主干的道威斯计划来做科学的对德的剥削。虽是这经济的刺激似乎已使德国工业生产量逐渐上升，可是受了这经济刺激的赐予的不是整日挣扎在生活线上的群众，而是少数的金融寡头和产业资本家。

二十世纪二十年代，史特莱斯曼出任外长，他秉负着特殊的怀抱展示他灵敏的手腕，把从前徘徊在东熊西鲸间的外交调整在整一的步骤下。一方阻绝布尔什维克气焰的西向以消释协商国的藉口，一方取得英国的同情，撤退协商国驻守在莱茵区科仑的联军。德法间历史的矛盾经了这番的协调已逐渐趋向缓和。罗迦诺条约就在约翰牛的多方调和下，经过了数度的冲折于1925年10月5日由英法提议召集协商各国集议于瑞士小邑罗迦诺，11月1日这累经双方争持不下，最后才由法国让步而成立的正式协定，就在伦敦由双方代表签订，于是在数重外交包围下的日耳曼才从孤立的泥淖里拯拔出来。

史特莱斯曼凭着敏捷的外交手腕缔结了罗迦诺条约，拆散了英法间的联盟，并且还在1928年8月27日躬叩凯陶赛主人之门，参与非战公约签署的盛会。德法间先天的仇恨至此似乎又有了层更深的谅解。九月间，在日内瓦举行的国联大会，又因英法的援引使它正式踏上这和平庙堂的宝座。不久，扬格计划又经六国（法、英、日、比、意、美）财政委员会的同意正式在巴黎草成，把赔款总额由一百三十二亿减至三十八亿，并且还将支付的年限确定。此外，还撤销道威斯计划中的监督和制裁机关，使德国恢复大部分的财政自主权。可是在另一方面，却又因内在矛盾的深刻，国际收支势将入不敷出，结果显然在金元外汇和通货稳定的基点上投下了可怖的阴影。1929 年 8 月 6 日，海牙会议席上，德国又利用列强间外交的不调和点，要求撤退协商国留驻在莱茵第二区的联军。他虽是引用樽俎冲折的方式，却使他收到了莫大的效果。这点，我们自不得不佩服史特莱斯曼运用国际间微妙的关系来突破国际对德包围的阵线的手腕。

在和平的醇醪下，协商国沉醉的人们以为道威斯扬格的二次计划是以安定德国以至世界的经济，但是 1929 年世界不景气的怒涛却掩没了这些人们幻想的宝岛。这浪潮不仅在新大陆激起要求面包和工作的潋滟，并且还横渡大西洋直冲向整个的欧洲来。在巨额赔款的重荷下的日耳曼首先挡不住巨浪的猛击，这世界经济最薄弱的一环就很快地溃决了经济的堤岸。大多数的工资阶级经不住通货膨胀的后果和扬格计划的绞榨，大都陷入生活困难的泥坑。因此，国民的思想不知不觉地向着左右两个极端发展，于是，共产主义和国家社会主义运动飞快地在日耳曼民族尤其是青年人的胸间发育滋长，他们为欲突破现实的苦闷，自不惜用鲜红的血来渲染自己所欲保有的国土。在希特勒领导下的国社党就在这种情境下显呈着超特的激进。1930 年 9 月，德国选举战的结果竟使德国政治形态呈现出空前的转变，他不仅超越共产党的多数，并且还有夺社会主义民主党地位而执政的可能。1930 年 7 月大选的结果国社党竟获得百分之三十七点三，一跃而成德国的第一大党。因此，中间派的日鲁宾巴本内阁相继倒塌。史莱辙虽继起组阁，可是仍不能调和人民思想的对垒。1933 年 1 月 30 日，希特勒受命组阁，于是这划时代的变质的政权就在“卍”字旗的展扬下宣告诞生。

希氏登台后，竭力伸展褐衫党的势力，树立恐怖的政权，对内在解除经济恐慌的烟幕下，高揭起排犹的旗帜，对外用强硬的态度来转移国民对于生活的痛苦的视线。1934 年 10 月 14 日，他用强硬的手腕，宣告脱离国际联盟和军统的合议，显示德国已不再受凡尔赛合约的束缚，藉以缓和国内经济矛盾的对立的深刻。1934 年 3 月，在对外采取强硬来和缓内部斗争的一贯政策下，又撕碎了合约中的对德军事条款，成立和平军十二军，同时又借口国联竟力扩充空军，同年 6 月 30 日，以迅雷不及掩耳的手段亲飞慕尼黑举行清党，一切异己分子都在莫须有的罪状下或死或擒，冀在肃清腐化官僚的行动上来改善国民的生活。7 月 24 日，维也纳的枪声揭示了德奥合并的阴谋，虽因外交阵线牵掣致不得偿其夙愿，可是以亲意著称的小拿破仑（陶尔斐斯）却做了这次政变的牺牲品。这后，一方和波兰缔结互不侵犯条约，一方在反俄的口实上结欢于大不列颠的绅士。于是这第三帝国的荣誉的创造者就和黑衣宰相分庭抗礼，高踞在两个同一体系的独裁的宝座。

兴登堡总统的逝世，给予希特勒以独揽大权的时机。1930 年 8 月，希氏遂由摄政被选为元首。此后，因为发言的地位关系，所以益敛锋锐。因此，在野时所发出的创造日耳曼荣誉和对于国民生活的改善的诺言都成为不兑现的支票。在纳粹主义麻醉下的德国人民对于此后元首的行迹自不免稍抱怀疑的情调。但不久，萨尔公民投票的结果（1935 年 1 月 13 日）日耳曼阵线竟大获胜利，这胜利不仅使第三帝国的臣民得到莫大的鼓舞和欣慰，并且还使希氏更增加对外政策的自信。因此，一面在对英的百分之三十五的海军比率的妥协下重建海军，部分地撕碎合约来消释国民的疑虑；一面加紧改进对波的关系，来预作东出乌克兰进攻苏联西境的张本，借以取得资本主义的支持来执行反苏的任务。这后，黑衣宰相出兵东非，冀在宣扬文明的战事中重建起新罗马帝国的光荣。这对于殖民地的新侵略的开始，陡引起希氏对于海外领土的欲壑，于是收复战前失土的呼声顿时弥漫了整个德意志。最近，乘参预已故英皇执绋之便，积极从事于外交活动。一方又不惜重叩黑衣宰相之门，希望从罗马取得声气相求的联系；一方又加紧波、奥、匈的结合，以造成了不满现状的集团。战前同盟的现象又在德、意、俄、法、英体系的对立上充分地表现出来。

3 月 7 日，这是历史上一个可纪念的时日，或许是人类二次大屠杀的开始。希特勒乘着胜利的和平主义，在向一切外交上的不调和点，在反对法俄协定的口实下，一方发表重要演说，宣布废止罗迦诺条约中一切的军事条款；一方声明七点，愿与罗迦诺签约国在平等的立场开始重新分割殖民地的谈判；同时并扬旗击鼓动员陆空军六万，公然开入莱茵河非武装区域，想在既成事实前，迫使列强承认其行动的合法，于是这战后在枪刺下维持的和平就很快地转入了个充满着火药味的境界。

柏林所投下的晴天霹雳顿时震荡得整个的世界，由暂时的平静而趋向扰乱。从巴黎到伦敦，这些燕尾服的绅士们都忙着奔走，开会集议终夕不绝。就是东欧各国，特别是苏俄也认为有加紧制裁的必要。可是黑衣宰相既因国联对他制裁，切感到经济无办法的苦闷，对于这同一体系的褐衫战士的替他解围早已莫逆于心。就是这孤悬海隅的约翰牛只要欧洲的均势还能维持，帝国殖民地的权益不致侵犯，终愿调和甚至是延宕的方法来应付他罗迦诺约中所应负的责任。佛兰亨虽往来奔走仆仆长途，可是对于这列强间一切矛盾的调和仅凭他超特的外交手腕如何灵活，恐也将感到应付无术了。

四国会议国联合行政院会议，虽相继举行于伦敦，通过了对德谴责的条文，一致认为德国为破坏条约国，可是这决议的结果并不能稍有补于和平。李本特罗浦所提供的共同讨论的条件，既不为各签约国所接受，艾登象征撤兵的建议又不是希特勒所能容纳。佛兰亨强硬的态度虽获齐兰所支持，可是仍不值英伦策士的一顾。于是，这在出兵莱茵后所突破的欧洲和平早已达到用铁和血来解决的领域。

“九·一八”来，由远东爆发的枪声早已把这世界带向更深的深渊。从东非到南欧，北美到远东，充满在这世界的只是扩军的呼声和屠戮的惨号。莱茵出兵的霹雳也不过是这纵的矛盾的总和的爆裂。固然，我们是爱好和平的，但我们不是毫无目的地跟在胜利的和平主义的后面去歌颂资本主义的功德。因为这两种绝不相容的势力的相峙自将将这世界拖向充满着血腥和火药味的危壑。

胜利的和平主义既生生地把日耳曼帝国置在去危亡仅一涧的境地。他不仅褫夺现代生活所必需的一切，并且还把整个的日耳曼的国民的生活驱向更苦更不堪的领域。成群的不堪再受榨取的人们既挣扎在死亡的线上，同时那批世间的吸血虫却又在安逸的享乐外，正在进行着对于弱小民族又进一层的榨取，这榨取正给予希特勒主义者以一个绝好的机会，他终究在荣誉和自由的恢复者的旗帜下来积极树立个对现状不满的阵垒。

固然，我们对于这纳粹主义的穷兵黩武不仅不能给予丝毫的同情，并且还将予更大的憎恶。不过在某一观点上却又因希特勒的出兵莱茵的刺激使我们得到莫大的鼓舞。现世界的一切，至少在这资本主义的王国里生长的骄儿，他们的宴逸的享受，大半在兴筑在我们的身上，我们正因为不能忍受数重的高压，所以我们想干，但我们又因自信的缺乏，终究依偎在赤暗的社会里讨着凄凉的生活。但是这凄凉的生活，这并不能解决我们的肚子的饥饿的生活，却又有人正在进行对于这不能再低的生活的腹剥。

时代的轮子不住地向着死亡的前途滚去，罗迦诺条约的撕毁，只不过是这旧时代的崩溃中显著的一环。但是在这崩溃的过程中，残酷的人类的屠杀无疑地定将来临这人间。在纳粹主义统治下和在军阀主义支配下的德国和日本就是这新的屠杀中的最容易爆发的炸弹，这炸弹终究是要爆发的，可是在这炸弹旁鼾睡，甚至在这炸弹下统治的人们却又将怎样呢？

历史的事实很明显地告诉我，屈辱并不能偷生，并且还将招致更大的痛苦。现在敌人的钢刀和毒药已在“友邦”亲善提携的面具下加紧地向我们输送。倘若我们还是要活的话，那末唯一的解答，只有用铁和血来清算。不仅是我们，凡是全世界的不愿再在刀斧下讨生活的人们也将踏着同一的步伐来参与这新的世界的创造。

1936. 3. 21

四十四

在这篇文字的叙述中，因为职务的牵掣，使我很草率的收束。不过，我还有颗心，有颗青春泼跃的心，只要时间和环境允许的话，我还将对这种问题继续写下去。虽然我不是国际问题的专家，同时这谫陋的文笔也没有使人有一顾的价值。但我要写，我要这样地写下去，纵是它并不能给予我现生活以些少的臂助，可是我相信在未来辽长的岁月中，它将予我以更大的裨益，至少在这静寞的人生道上也将给我留个些微的影像，那未来的影像的憧憬不也将成为我生命史中珍贵的一页。

举世瞩目的南京会议在双方“诚恳率直”的态度下，张外长和有田大使为中心的相互交谈经过四次的讨论已告结束。这在目前中日间微妙的关系下自值得我人的注视和检讨。

广田弘毅的协和外交，虽具有超特的手腕和毒辣的效果，可是仍不能消释急进派的鼓噪。于是，在有吉明告休之后，和军部颇形接近的有田氏在军部的推荐下，毅然出任驻华大使，想在南京集议的中日会议席上代表帝国建立起空前的殊勋。

南京会议虽是在和洽的气氛中举行，互作坦白的解答，可是双方主观的未能一致，却又是不容掩饰的事实。广田三原则的提出和接受，实是这次会议的最大症结，果然在二十日的东京朝日新闻里，泄露了一线春光，他对于这次会议的未能满足他的欲望，已毫无掩饰地提出，并且还谈到此后外交政策将趋于相当的强硬。这在“友邦”的一贯国策下，本是原无足异，可是由于“二·二六”事变所揭示的积极自主的外交阵线的展开，却又不得不使我们对于今后“友邦”的行动加以更大的注意。

“五·一五”的事变早已象征军部某种势力的抬头，永田被刺和最近的东京暴动，只不过是这种行动的具体化的演出。“二·二六”后广田的出任组阁，原只是军部在幕后支持的把戏，这点我们只要稍一注视马场锳一的财政政策，就可明确地知道现时代的日本是如何地向着灭亡加速地走去。

中小资产阶级的没落，频年农村经济的雕敝，在军部领导下的绝端爱国主义就很快地在下级干部的孕育下发育滋长，迅速地弥漫了整个的三岛。可是对外的用兵的不仅不能稍抒经济的危运，并且还因军事费用无限制的膨胀，在金融寡头支配下的中下阶级更切感到加紧压榨的痛楚，“九·一八”后所造成的非常时局，除少数军需工业之外，并不曾使整个经济状况有些微的恢复，甚至更因这剪刀形的矛盾的扩大，更有随时促使整个经济坠向更深的深渊的可能。

因为国内危机的加深，自不得不要求向外发展，在对列强有力的刺激下来转移国民对于生活的痛苦的视线，第一师团的暴变就是在这种原因下发动。广田内阁既是在军部的刺刀下产生，那末，对外的方针自一唯军部的鼻息是从，此后的对华对苏自将在找求新的刺激下趋向于极度地侵略和进攻。

基于对苏关系的恶化，自不得不开始对华侵略的急进，此后华北以至华南更随时有沦为反苏战中后方的可能。伪满和伪蒙的边境冲突只不过是这新的战争中的前奏，但这新的战争究将于何时发动呢？自不得不随“友邦”促成战争的因素的内在矛盾的尖锐或缓和。

事实很明显地告诉我们，第一次的大连会议在关东军干部和各地驻领的集议中，产生了华北协定，实际上把中央统治的势力一举驱向平汉路以南。第二次的大连会议和各地使领会议促成了那在强迫受孕下的华北自治，胎儿不健全地坠地，顿把冀察政权拖向半傀儡的领域。最近在有田的归国途中，继续公开津沪日领会议，虽是他的内容始终严守秘密，可是他不惜仆仆长途转道辽宁去和植田大使会晤，商讨此后对华对苏的对策，仅是这些已足使我们知道今后中日关系将要趋向如何的发展。

现世界的分割线已将在帝国主义间内在外线的成因下开始发动，远东的日本和中欧的德国自是这新的战争中最容易爆发的炸弹，但是在这炸弹旁鼾睡，甚至在这炸弹下统治的人们却又将怎样呢？

1936. 4. 1

四十五

时代的浪潮虽能冲刷旧有的一切，可是家法社会的滓渣却依旧蛰伏在社会黑暗面的每一角落。不论乡村或都市，西南或东北，充满在这社会的几乎没有一处不有旧礼教的蠹鱼的蠢动。

从高家的整篇的叙述里，在巴金的生动的笔触下，他明白地告诉我们，大家庭是如何的趋向没落。这里有姨太的妖冶的脸，有叔侄间猜忌的心，有祖孙二代思想的隔膜，有兄妹姐弟见识的分歧。一切的一切，都充分显露出没落的过程中的丑态的演出。

觉新这葆有朝气的青年，他虽有对于未来的生之改善的希望。可是，在承重孙的重荷下，不仅带去了珏的生命，并由还将他推向更深的深渊。这点，我们对于他人生的妥协的战略，自不能给予他丝毫的同情，而只能寄予怜悯的惋惜。他生长在高家这样的环境里，纵是思想方面似乎已较当时的一般人稍胜一筹，但是这末时代的悲剧的主演者却始终不曾解脱，被事实所嘲弄。

书中的主人公——觉民和觉慧，他们抱有对于生的炽烈的心，勇气和毅力都在强有力的反应中飞速地生长。在逃婚的一章中，他为了爱，毅然地摆脱一切的羁绊，纵是旧社会的恶势力紧紧地包围住他，可是他终究抱着最大的勇气，离开了再不容他留下的故乡，随着奔放的洪流踏上了对于光明的追求辽长的征程。

巴金先生描写的细腻和叙事的周察，确是值得我们钦佩和效法的，因为不论你和我都曾眼看到，甚至还是生长在和高家同一环境的家庭里，对于家中所叙述的一切，确是随处可以见到。虽是在目前至少在我自信决计还不至堕向和觉新同一典型的泥坑，但环境紧紧地压迫着我，只要我稍一停止对于生活之斗争的话，就随时有堕向和恶势力妥协的危机。

现时代沉迷在现实的苦闷中的觉新们，妥协并不能脱除你们内心的苦痛，并且还将召致更大的屈辱。只有奋起来参与新的世界的创造，才能打开家法遗毒所加在我们身上的桎梏。

在高家的三兄弟中，虽是各有不同的处境的互异的个性，但大兄是消沉了，二兄是陶醉在桃色氛围里，希求着新的憧憬。只有三弟他能毅然地摆脱一切走上了出走的道路。我爱觉慧，我尤爱觉慧的豪迈的大无畏的精神。

1936. 4. 5

四十六

经月来，因为生活的牵掣，迫使着我整日埋首在灯光纸堆中，工作的繁重，几乎使我没有吐气的时间。虽是每日十二小时的工作，在现阶段的社会中并不能说是怎样冗长，但是终因和我志趣的不同，个性的不洽，使我感觉到每天的工作竟比一月还要辽长。

每天十二小时的工作，倘若是从事替现社会被压迫群众谋解放，或是替和我同一命运的人去向恶势力挑战，或是参加种自己所欲为而没有机会去活动的运动，那末，这短时间的工作非唯使你感到莫大的兴趣，并且还将叫你觉得有延长工作和时间的必要。但是现在我所从事的并不是我所愿意干的工作，因为我们的工作时间延长一点，间接的就使金融资本的利润加厚一点，无形的更增加了这种旧社会的反动势力的力量，这剪刀形的矛盾的展开，不也将把我们更快地送进灭亡的坟墓。

本来在生活的高压下的人们原没有从事社会运动和参与集体活动时间和空间，并且有时还将剥削你鉴赏文艺和练习写作的自由。不过我们觉得整日在鞭笞下讨生活的人们要是自身不知道去努力，那末，这可怖的势力将会更紧地抓住你，吮吸你，吮吸你的血汗来加肥自己的体重，这

社會漫畫（船塢素描）

撈枕木的工人

一個老船工和他的兒子

下水之後

他們的工作

蔡若虹作

事情不论东南或西北，都随处的可以使你看到甚至切身地感到，除非你是睡在象牙塔里，或是专做刽子手的人们，倘若你还是盼望着别人来替你解脱的话，那末，终你身恐怕还不能脱离为事实所嘲弄。

生活的重荷虽是紧紧地高压着我，但是在我心的跳跃尚未停止的霎那，我将用一点一滴的时间去追求我们所需求的一切。虽是在目下这需求似乎是并不需要的，可是我并不能因这需求暂时不适合我的实际生活就去停止我对于这需求的追求。因为求知的欲火正熊熊的在我的心头燃烧，这火焰的燃烧将要触发我生命的烈焰。

燃烧吧！这生命的烈焰，让这弥天的怒火来毁灭那旧有的一切。

1936. 4. 19

四十七

成月的生活的高压，迫使着我暂时停止了日记的记述，不过这颗还在热烈跳跃的心却时时地督促着我，督促着我去从事对于新光明的追求。

仅是我的心情是落寞的，可是这永不能平静的激情却时时的在我胸中翻腾，这澎湃的浪潮不住地向我心头猛袭，他策励我，启迪我，策励我去为生之改善去奋斗，启迪我去求对于现实更进一步的认识。纵是这冷酷的环境重重地威胁着我，但在这，我心之跳跃尚未停止的霎那，我终将热烈的企求和果敢的亢进。

在从往的过去以至于真实的现在，不论是文字或是言论方面，我都曾本着新的光明的信仰而热烈地企求着，可是事实先生的鞭子却又毫不留情地把我的愿望打得粉碎。虽是这热烈的心情并不曾因打击的频加而沮伤了前进的志趣，但这残酷的现实又把这世界带得距我们的愿望更远的领域。

记得陈伯瀛先生告诉我，失败或成功固然是一个问题，但是干与不干之间，绝不是丈尺寸分所能估量的。是的，我想干，并且我愿意干，但是我现在怀疑着究竟是谁能把我带向干和实践的前线。

1936. 4. 25

四十八

抱着一腔的心事，踏上了辽长的征程，在聒嚣和繁冗的氛围里，这时代的产物终究把我带到了我所要到达的目的地。

岑寂而修长的柏油路，静躺在沪西的一角。西斜的夕阳透过了婆娑的法国梧桐，把这颀长的影子悄悄地整个移植到地上来。我踏着杂乱的树影，怀着颗并不曾经过奔跑而激烈跳荡的心，情绪是兴奋的，脉搏是偾张的。许是因为这括面的南风把人吹得陶醉了，那阵阵的热浪竟飞快地赤化我的面部。

走呀走，走过了修长的甬道，走过了雄巍的崇楼，这活泼的一群已怪有趣地在从事各人的工作。是的，她们是有着向上的志趣和奔放的热情，她们因为不能再忍受这封建的桎梏，就毫无留恋地奔上了孤独的征程。虽是这些生活在寄生虫式下的人们正借着小小的题儿在诉说，或是诋责这些人行为的错误，但时代是在转变的，这些靠谄媚和姿色来延续生命的人儿，恐终不免在前进的巨轮下碾得粉碎。

环境是苦苦地紧压着人，除了某一特殊阶级外，几乎没有一个人不为命运所拨弄，在空阔的海的边线上，在静寂的夜的氛围中，我曾不时地被莫名的烦恼纠缠着，他迫着我对于现实发生无尽的怨艾。某一时期，甚且还会想到和这浑浊的社会同归于尽上去。但在理智回复的当儿，我却又会私自庆幸我的并不能说是平凡的遭遇，因为倘若没有这现实的环境苦苦地紧迫着我，那末在一个充满了“服从的美德”的大家庭里生长的人儿，思想方面还不知要闹着如何的顽意。现在我固然不敢说思想是如何的前进，不过在某些基点上我确已比人多认识一些，虽是这认识在某些人或许以为是多余的，可是这广大而普泛的对于生之改善的追求和愿望，谁又能说这是不值我们一顾的呢？

在这穹远的访唔中，虽因昭的不在似乎使我感到没趣，不过我能庆幸的就是在这成群的叛徒的行迹上，使我更深的相信这时代是如何向着灭亡的深渊急转直下，同时并且还警敏地提醒我，现实的环境并不能表示厌恶，而应进一步的去推敲它的病态。是的，厌恶绝不能给你些少的慰藉，甚至还随时有招致消极的危险，只有对于病态的匡救和对于全人类的憎的消除，爱的生长，这才可以把这世界带到美满的天国。

1936. 4. 28

四十九

帝国主义的凶焰由于频年国内失业群众的鼓噪，愈益增加他的疯狂，殖民市场的掠夺，货币战争的白热，实一一加重弱小民族的惨烈的剥削。币制的贬值，农产的狂跌，工业品的大量的倾销，自更迫使殖民地群众的生活远跌在生活水准之下。于是民族解放的浪潮飞快地弥漫了全球，东非的埃及、中亚的叙利亚和近东的巴勒斯坦都在帝国主义多方的矛盾下掀起了反帝的怒潮。

毕竟这国际绅士的聪明是可佩的，它一方挟着经济的潜势驱使这些帝国主义的鹰犬去做削弱革命势力的先驱，一方又运用着超特的手腕迫使反帝运动的内部在国际绅士捭阖纵横的政策下迅速地分化。这事实只要我们平常是稍留心国际时事的话就可以明白地见到，最近埃及王小史里的叙述更使我们有了具体的认识。

福亚德的立身任事因为一切身后的歌颂自都不免有铺张之处，所以我们现在暂置不论。不过根据伦敦晚报记者的声称："埃王生前拥有财产五千万镑，且多系存于外国之现金，可谓世界上最富之君王。"虽是在国际帝国主义钳制下的舆论或许有种离间的作用，但是对他驱使下的猎犬——埃王，当不致使感到有用反宣传的必要。因此我们对于这个电讯自确认有成立的理由。同时，正因为这个电讯的能够成立，更使我们得到种对于帝国主义毒辣的手腕更深一层的了解。

在大英帝国主义牵线下的福亚德，不论他的理财的手腕是如何的佳妙，可是这老练的约翰牛绝不会听任兰开夏的营养线自由地走上了经济独立的领地。要是埃及的度支每年能收支平衡，那末这挟有金融潜势的大不列颠必将多方阻碍经济的发展，藉以维持他投资的安全，所以，福亚德的身后多金确是个值得我们检讨的问题。

尼罗河的财富确是任何人不能否认的事实，不过，福亚德的资产除了对国内大众加紧腹削外，实很少有增加至现在的数字的可能。因为埃及的生产早已无形中掌握在约翰牛的手中，这傀儡式的福亚德恐怕很难获得生产的利润，就是有，至多也只是英美帝国主义的渣余罢了，所以我们根据着这个理由推想到埃王的多金除了直接剥削劳苦大众外，所获的最多也只是大不列颠的余滴。那末，大英帝国金融资本所坐享的利润，这数字又将多么的惊人吗？

根据着以上的推讨，使我们相信在帝国主义支持下的统治者决计不能给人民以真正的利益，即使有也只是帝国主义所遗留下的一二的余滴。倘若我们还是等待着机会仰承着帝国主义食尽的渣余，那末这经济的榨压机的加紧，只能遗留给我们以干枯的白骨。

1936. 4. 29

五十

凡是从事劳动的人谁都不能忘了四十七年前芝加哥所演出的壮烈的惨剧。这儿成群的挣扎在生活水准以下的群众因为不堪忍受产业资本的榨取，在三八制的口号下掀起了他们内心的抑遏得太久而亟思迸发的烈焰，燃烧成朵划时代的伟大的劳动解放的异葩。

由于当时（十九世纪中叶）新型工业极度发展，初期的私有资本主义显呈着高速度的抬头。这种特殊势力的长成，顿促使社会起了剧烈的变化，产业暴君欲求获更大的利润，不惜加紧对于劳动大众的榨取，不论在工资和工时各个方面都可以任意的削减和尽量的延长，于是从事劳作的群众眼看着最低限度的生活也随时有被毁灭的可能，顿激起了种强烈的反应，两种不同观念的对立就在这种状态下孕育成长。

产业革命的孪生儿——资本主义和劳动解放，既在两种对峙的局面下飞速地长成，于是，一方挟着经济的潜势建立起资本主义的王国——帝国主义在产业资本强有力的支持下，竭力的向外发展，不久殖民地和次殖民地就在推销商品的先驱下，一一的罗置在自己的版图；一方在时代的洪涛的激荡下虽也有相当的进展，可是，经不起金融寡头的高压，却始终不曾脱离在死亡线上的挣扎，甚且更因近世科学的昌明使他们随时切感到失业的危机。但是经产业资本侵入后的殖民地大众的兴起，却使他们平增几许的力量。

资本主义的最后发展，就是趋入帝国主义阶段，金融资本家们因为国内原有的市场不足供他支配就尽量地向外掠夺，结果一九一四年的人类第一次的大屠杀就在殖民地掠夺下暴发，在这空前的血战中，成万的劳动大众，那和爱如兄弟的劳动大众都在一二金融巨头的宣传下，整个麻醉在仇和敌的成见中去甘心替他们少数人的利益去牺牲，他不仅忘却了劳动大众互相携手的历史的重训，并且还疯狂去干那人和人生命的搏斗的惨剧。

现世界的吸血虫——金融资本，因为殖民市场的充属有限仍不能供它巨额生产品销售的展布，正在进行着重新分割的准备。不论东亚或中欧，都随处可以闻到火药的臭味，这臭味跟着时间的进行，不时地增加它的浓度。只要任何一方略一采取相当的行动，就随时有把整个火药库触发的可能。在这新的战争的发动下，供最大牺牲的当然还是为维护金融资本利益的成群劳动力的出卖者。

是的，劳动力的出卖者，在面包强有力的引诱下，本是无时不可去供金融资本家的牺牲，但是牺牲是有代价的，倘若仅是为着一二人的福利，那末，这牺牲似乎是太不值得了。纵是面包的威力有时竟能超乎理智之上，可是在这劳力的出卖者的理智回复的霎那，他定将和他前线的兄弟携手合作。去和那劳动群众血肉的吮吸者来掉转枪口，清算这近百年来的血账。

最后我们还得声述的，我们固然反对战争，但是站在中国劳苦大众的立场上，却又切感到我们有抗争的必要。因为我们今日切身感受的痛苦，是帝国主义特别是日本帝国主义的赐予，不仅我们，凡是世界上被压迫的群众，他们都抱有和我们同一的感想。现世界被压迫的弱小民族们，赶快联合拢集来，准备发动个新的转变吧！

劳动节

1936. 5. 1

五十一

巴金先生的作品不论他是处在任何的环境里，始终不曾脱离浓厚的无政府主义色彩，在“灭亡”中是如此，“新生”中也是如此，就是在本书的著述里，他虽是置身在日本帝国主义的炮火下，甚至还曾经躬受到帝国皇军的凌辱，只要把拳头捏得较紧，就随时有告终生命的可能。可是他在这里整篇的叙述里却又把最后的希望寄托在海的怒啸里，而忘却了这成群的挣扎在生活水准下的奴隶的兴起，是要把这世界带向如何的境界？这种认识的错误，当然不能给予一种歪曲的掩饰。

本来挣扎在生活重荷下的人们，除了整批的或是零碎的出卖他的劳力和肉体外，原没有再比较好的方法来延续他的生命。不仅中国是这样，就是现世界生活在金融资本高压下的人们都不能逃避这个现实，尤其是中国因为在国际资本主义和国内封建残余的双重的腹削下，成群的“奴隶”大众经不起典型的“高等人物”的压榨，生生地被送进了死亡的领域。固然不论过去或是现在，虽有许多人确曾想替这群挣扎在死亡线的人们谋解脱，可是因恶势力的高涨，却使他们的计划正和书中一样所获得是失败和毁灭。

不过时代毕竟是前进的，“奴隶”们要求解放的呼声不也跟现世界备战的狂热同样的高涨，纵是帝国主义和反动势力的屠刀正横架在弱小民族和被压迫群众的项间，可是这武力的劫持并不能阻止他们的解放运动的进展，且正相反更因恶势力的抬头而促使他们更坚决地去从事生之改善的奋斗，成万的整日劳动而仍不能解决饥饿的人们，他们终究是要翻身的呀！

1936. 5. 2

五十二

在姐的电话中，知道她将要在最近的将来离开上海，这奇特的消息顿使我感到莫名的空虚，但不久这空虚转又跟我俩的把唔而消失，不仅消失，并且还给我生出许多慰勉来。

母亲那中年的典型的慈母，在过去，她不知忍受着几许的愁苦，不得不将她最后的希望寄托在我们姐弟俩身上。虽然到现在我俩并没有什么建树可以告慰我们的慈亲，不过至少可以使她放怀的就是我俩已能走上自立的道路。尽管这自立的基础是建筑得非常脆弱的，可是在她老人家诚朴心目中，却并不曾顾虑到这随时有崩溃可能的基础。

宝山路上熊熊的火光燃烧起了姐的生命中的烈焰，从那时起，她就奔出了家庭的樊笼，置身到这正在转变中的社会里，四年来频受着社会的陶冶，可是在这大烘炉的熔炼下却使她生长出个人格——一个独立的人格来。纵是物质的享受似乎迫使她离开我们的世界的距离愈远，但并不曾因两人主观的不同而隔膜开了我们的感情。

由于频年来在社会上的倾跌，使我平增了不少的识见，我知道在某些时候，哭的应当装笑，笑的也应当装哭，但是憎恶的怒火却也跟着做人的艺术，平白地在我胸中生长，我恨社会，我恨人类，甚且有时还会想到地球的暴发上去。但是在这激情消灭的霎那，我却又会疯狂地去同情和我同一命运的人类。姐她虽是和我同胞的姐姐，可是她的性情却又和我绝不相同，她没有憎和嫉，她对任何人都抱着好感，这虽是她的长处，但我却时时地为她担忧着。

姐的容易接近的态度，确是真得替她称述的，并且还在我的脑海里留着深刻的轮廓。固然我爱她，她也爱我，在我俩携手倾谈时，真的使我忘却了憎和嫉。磨劫和痛苦整个浸成在爱的美酒里，不仅是即将分离的今朝，就是在每次的倾谈中，几乎没有一次不是这样的，现在姐即将在不久的将来离开我，离开上海，我又怎能不在心中翻腾着一种别有的情感呢？

互助是人类的美德，这是颠扑不破的真理，同时姐所学习的又是“助人者助”。不久她即将离开混浊的上海，而去替那成百的小天使服务，在这美的氛围里，自将把她和善的性情陶冶得更和善。不仅这样，并且还切盼姐能消除区域的成见，进一步的来替整个人类来服务。

末了，我谨以颗诚挚的心，敬代姐的前途的光明，祝福并代小生命的未来的光明祝福！

1936.5.4

五十三

黑暗大陆聒耳的枪声震荡这战后的世界并使之起了激烈的变化，国际绅士的面目都在这次事变中显露出十足的丑态，不论伦敦或巴黎、日内瓦或柏林，出演在这国际政坛的，不是国联威声的树立，不是正义罗马或东京和平的维持，而是各地利用时机伸展着侵略的手腕。

尼罗河的洪流建筑了兰开夏的荣繁，查那湖的水利紧系着埃及苏旦的民生。大英帝国的称霸，旨在直布罗陀至纽丝纶间的航路的维持，去岁黑衣宰相进兵东非，不仅使尼罗河水流有断绝的危险，并且还直接威胁着大不列颠的海上生命线的安全。于是英伦策士一方支持塞拉西促使他奋起黑狮的雄威，对意作激烈的抗战；一方又挟国际联盟为号召，实使对意制裁作经济封锁的声援，顿使这平年寥落的和平庙堂透露出煦煦的春意。

弱小民族对于帝国主义的抗战，有时自当积极地去利用帝国主义间的矛盾来增长自己反帝的力量，但是一味地依赖转有招致严重危机的后果。本年二月间霍尔赖伐尔和平方案的提出，不是昭示我们以良好的教训，要是当时没有全世界前进人士的反对，恐怕不待今日整个的阿比西尼亚早已在英法意三国势力支配下实际走上了沦亡的领域。

早年台西的失陷，不仅在军略上失去了国防的重镇，并且还影响到整个的战局，南路萨巴纳兴登堡阵线的不守更予意军长驱直入的机会。本月二日阿皇在英使巴尔敦的斡旋下由阿亲乘车直驶直布底，准备转乘英船前往巴勒斯丁，于是，这满染着血腥的东非战争似乎在阿皇出亡后，

将告一暂时的段落，但是事实上却又不然的，据哈瓦斯社直布罗陀四日电讯："英国本部舰队所属驱逐舰第二十队现驻此间者，顷奉地中海舰队总司令布莱克命令着，即从速开往地中海东部。"那末要是此次对阿分赃不匀继东非战争后恐怕还将展开场地中海的大血战。

现在阿皇固然出走了，可是哈未特族对于独立和自由的血的斗争却并不曾因意军的侵入而停止，且正相反，更因强暴的侵略而使他们抗敌的情绪愈坚强起来，这终将永留在弱小民族反抗史中光荣的一页。去年十一月五日致国联的牒文"——彼敌国军队纵具有优越之武器，且残忍暴戾诛戮无厌，然阿国民众深知不仅为保卫阿国而牺牲，实亦为一切弱小国家之独立而牺牲。彼强暴之侵略国家，任其获得胜利不加抵抗，则凡世界上弱小之国家其将成为鱼肉矣！"。这英烈的词句、这果敢的行迹，叫远东这处境如阿比西尼亚，甚至比阿比西尼亚更坏的听了又将怎样？

事实很明显地暗示我们，专凭着帝国主义的支持，这抗争到头是靠不住的，并且在某一时间那支持你的帝国主义，他更会偷偷摸摸地去和敌人勾结，来出卖你的血肉搏得的斗争胜利。那东非山地的抗战，不也就是个很好的例子？现在帝国主义特别是"友邦"的屠刀已横架在我们头上，要是我们还不甘灭亡的话，自然将奋起来作努力的挣扎。在这民族的生死的斗争中，我们并不反对去利用各个帝国主义间微妙的关系，不过现世界的可以和你共同奋斗的真正的朋友却只有广大而普遍的被压迫的群众。倘若你仅是始终的依赖他，那末，终恐不免被他出卖。只有全世界被压迫的大众兴起，这才是我们真正的朋友。

“王道”和“文明”的宣扬，在“友邦”和新罗马帝国的一致努力下，已收获了不少的效果，远东的中国和东非的阿比西尼亚就成为供他们发展的唯一乐园。东四省是在宣扬“王道”下成为霸关策士的附属国，黑狮国是在黑衫军士灌输文明的枪炮瓦斯的怒吼中成为罗马帝国的属土。这该是怎样的伟迹，那侵略者的烈焰?

帝国主义的欲壑终究是难填的，东北的热河不是又轻轻地被他抓向怀里，四省的不够供他展布，又继续的迫使华北五省脱离中央的政权，在政治和经济的“提携”下，来把整个的华北用作反苏战时的粮台，这和黑衣宰相在东非的行迹实是共具着同一的锦囊妙用。

但事实却始终不能脱离辨证的范畴，不管你帝国主义是具着怎样偷天的本领，终究不能用虚无的“光荣”来解决民众的饥馑，且正相反，更因侵略战争中军事费用无限制的膨胀，益易把整个经济生活拖向绝望的领域。同时国内劳动大众要求面包的鼓噪又绝不是侵略的胜利所能了事。所以，人与人间生命的搏斗的结果，除了弱小民族反帝的斗争外，他们侵略者所获得的只是饥饿、残废和贫困，而不是像统治者所宣称的荣繁。因为特种企业的景气原本是和劳苦大众自身利益无关的。

1936. 5. 7

五十四

抱着颗空灵的心，百无聊赖地从夜校里踯着归来，因为今天所提出的“阿比西尼亚问题”和我所欲知的“法币不论和英镑或美元联系后将要发生怎样的后果”的解答均不能消除我的疑窦，来满足我求知的欲壑。不仅这样并且还使我在他的行言上面怀疑到他是帝国主义的御用物，虽然在今朝这句话至少还不能确定，不过怀疑的芽终究在我的心田里生长起来。

我敢大胆地说，这次阿比西尼亚抗意的战争并不能用阿皇的出亡而宣告他是失败，因为成万的不愿做奴隶的人们将要奋起来作最后的抗拒，即使目前的物质条件迫使他们暂时的屈服，不过在这新的斗争即将展开的霎那，他们终将兴起来重建东非的祖国，那有血气的民族毕竟不是为灭亡的呀！

固然在这次抗意的战争中，物质条件决定战争的胜负自是不可否认的事实。不过阿比西尼亚集团战争在战略上的错误，那也是招致失败的重要原因。此外，国内的未曾完全统一和少数人的背国求荣甘做走狗，实一贯的抗敌政策上实使阿皇切感到重大的牵掣。同时那最要紧的就是被帝国主义出卖，在最初的抗敌中，英伦绅士曾以不少的援

助。这之后的战局里，非不仅约翰牛忘却先前的语言，不予最后的支持，就是在大英帝国挟持下的和平庙堂也多方顾忌，延不开会。这里实予弱小民族我以良好的教训，弱小民族的解放终究还须自身的努力呀！

阿比西尼亚的反帝战争在意军的进占阿京后似将暂时

趋于消沉，同时这侵略者军事的胜利更将刺激野心国家，特别是“友邦”的加紧进取。今后华北以至华南的局势行将在“亲善”和“提携”下趋向又一方面的展开。不过目前阿比西尼亚的失败不仅不能消灭我们反帝的烈焰，且正相反更使我们在东非的斗争里充分地认识，仅是单独的反抗在力量上是不够的，只有把全世界的弱小民族联合在一条战线上，不仅弱小民族，并且还把帝国主义世界里被压迫的大众集结在同一营堡里，那才可以把帝国主义迅速地送进他自己掘成的坟墓。

在这新的时代的战争中，物质的利用自可以减少许多不必要的牺牲，所以在这新的斗争尚未展开的目前，我们主张立刻把全世界的弱小民族先事训练和准备起来，同时对于战时的粮食和军需都需大批的储藏。此外战时经济的统制，后方交通的维持，在在关系着整个战局，而最重要的就是在这轻火器抗重火器的战争中，在战略方面的运用。

时代的轮子永远是前进的，东非的埃及故都的学运，和中亚的叙利亚、巴勒斯丁巳（1917 年）先后燃起反帝的烽火，不管他帝国主义统治手腕是怎样凶，杀人火器是怎样利，那全世界十二万五千万弱小民族以及帝国主义世界里被压迫大众的兴起，该将把这世界带向个怎样的领域。

题为“东非反帝战争中所统治我们的教训，‘二十一条’二十一周（年）祭”。

1936. 5. 9

五十五

许是受巴金先生作品的影响太深吧，莫名的爱和憎苦苦地常是萦绕着我的心头。固然在现阶段的绝端对立的两种不同的世界上，无边的憎恨正不住地在各地生长，除非你是忘却一切的或是站在黑暗的反面去观察，那末才可以浑浑噩噩地了却平生，要是不，那憎和嫉的黑影将要紧紧地啮痛你的心田。

亚丽安娜这才过二十岁的波兰女郎，她为了替被压迫者解除束缚起见，不惜牺牲一己，亡命国外，结合了许多不分国籍的同志积极地去代生活在高压下的人们谋解放。这种勇敢的精神，这种伟大的人格，读后顿使我整个的脊梁骨像被冷水猛泼中了。

光阴是绝不留情的，她悄悄带走了春，带走了冬，并不曾因季节的冷暖而增减他的速度。青春才开始在我的身上生长，但转眼却又将悄悄地溜走。在这静寂的夜的氛围里耳听到远处传来的铿锵的钟声，默念着这年青的女革命家的行迹，杂乱的但也是自疚的思念重重地紧压在我的胸头。二十岁，这即将到来的二十岁，不就将在最近的将来降临到我的身上。但是那波兰女郎她正善用着英壮的华年去谋多数人痛苦的解脱。可是我呢，不仅把这大好的青春轻轻地虚掷，并且还将这正是奋发有为的岁月消磨在毫不值得、自己也不愿意干的勾当上，眼看着成群的同胞在生活的铁鞭下受苦，而自己却怪幽闲地反将这痛苦的史实来作空谈的论题，是行迹的错误、是社会的错误可不知道。但是在这沉思的霎那，憎与恨的痛苦和悲哀却又紧紧地围拢来，他噬着我的心发疼，我的手发抖，可是事实呢？除了我的正在发疼的心又有谁知道？

1936.5.10

五十六

《永生》[1] 编者先生　　中国法币究将往何处去？

在李滋罗斯渡华的不久，新货币政策就在英伦绅士的策动下宣告了产生，白银是在紧急法令下集中了汇兑被稳定在一先令二便士半，间接的和英镑发生了无形的联系。经年来在中国市场上的展开的元镑（美元、英镑）的斗争至此似乎即将在约翰牛的“协助”下告一相当的结束。

1934 年以来，国际货币战的白热化确是谁也不容否认的事实，金圆王国对于白银的收买只不过是这货币战略中又一方面的演出。但白宫策士虽是预布阵容，冀把远东市场罗至在金圆集团之中，可是英伦绅士竟异军突起，于是这几经国际货币战激荡的中国币制就很快地投入了英镑的怀中。

但是，这战后在经济上称霸的山姆大叔，他也究非弱者，眼看即将到手的中国货币竟被约翰牛几句甘言蜜语诱去，他又怎甘罢休？于是，一方停止在伦敦购银促使英伦银行显呈空前的混乱，想把世界银市从伦敦转移到垣街来，一方又和墨西哥、加拿大后先订立协定，收买金矿，同时

① 《永生》创刊于 1936 年 3 月 7 日，内容以宣传全国救亡运动为主。

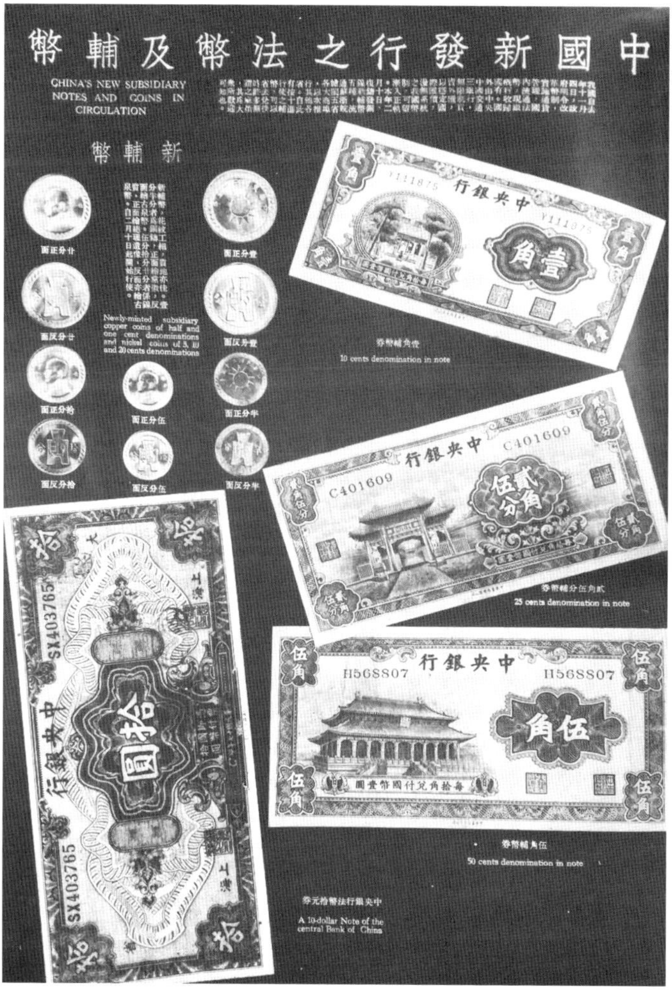

跟在停止购买中国存银上向伦敦方面做猛力的逆袭。

谁都知道中国在改革币制后，国际汇市方面曾引起激烈的波动，幸赖着大量的白银出售得以避免新货币政策的失败。现在垣街主人既宣布伦敦停止收购白银，不啻间接地断绝了以伦敦市场为依归的中国平准国际汇市之路。于是，财部高等顾问陈光甫氏就在这种重大的使命下轻装渡美，想在双方交换条件中获得华府方面的支持。最近谈话结果虽尚未经官方公布，可是中国货币徘徊在镑元二者之间，这却又是铁的事实。

虽是我们知道向帝国主义乞援，这是要不得的把戏，但现在政府不仅是这样做，并且已到了实现的境地。要是真的中国的法币竟和美元或是英镑联系起来，那末它将得到种怎样严重的后果，这点切望编者先生在转请章乃器[①]先生能给予我们种精确的解答和分析。

一个读者，切正！

1936.5.11

① 章乃器，救国会“七君子”之一，创办《新评论》月刊。

五十七

思想的隔膜确是件不易解救的事，两个不同时代的人的把晤，除了具有种超人的态度外，谁也不能把他们溶合在一起，但是这种勉强敷衍的结果，不惟不使他们获得各个的好感，并且还将他们带向更远的领域。

1936. 5. 12

五十八

在迎胡重响声中，中常会主席胡汉民氏溘然仙逝，在国民党的场合上，未始不是件重大的损失，我们对于已往胡氏的政绩，是是非非，容当日后注定，不过此后西南政局的动向确是件最值得令我们注意的事。

胡氏不仅为西南文治派的领袖，足以左右政局，就是在南京方面他也有相当的地位，姑不论在他这次北上声中不知有几多人亟盼着胡氏北来后将有种新的外交局面的展开。但是现在华北危机危如悬磬，偷税走私纷至沓来，“友邦”人士不仅要实施他以华制华各个击破的惯略，并且还要冲决关税的樊篱，

迫使我们幼稚的民族工业无立足的余地，以遂他农业中国、工业日本的夙愿，永沦我做他的殖民地。胡氏初因北地天寒迟未来驾，后以条件未洽，姗姗来迟，在此存亡续绝时期，胡氏这种态度似乎颇有失大政治家的风度，但是根据以往情形我们岂能独责胡氏。

胡氏已矣，身后衰荣曾何补于实际，不过我们希望着西南当局鉴于最近“友邦”浪人偷运走私的结果，能够以最大的决心作彻底的觉悟，切感到单独的偷安到头还是免不了灭亡。在这吊悼胡氏声中，能促成种真正的团结来共奔起抗战的高峰，可是反帝的最大力量终究还是在我们的手中。

1936. 5. 13

五十九

饥饿，这时代的怪物，不论你大腹的军火商是具有怎样的能耐，终不能抑制这遍地的要求面包的呼声，仅是御用的经济学者正在口口声声地喊着景气的回复、失业的减少，但是除了军需工业正在准备着人与人间生命的搏斗外，我们所见到的只是减工和停业，失业在这样有相当的荣繁的情形下，要不是向政府去领取小额的津贴或是沦入半失业的境地，又谁能说他有长足的进步。

世界本来是矛盾的，尤其是现实的世界，一方面有许多人不工作而可以尽情地享乐，一方面又有许多人虽是整日的牛马般的劳作，却依旧不能解决水准下的生活。不仅这样，并且少数人的享乐还是建筑在多数人被腹削的身上，这种剪刀形的矛盾的展开，又将把这世界推向怎样的领域。

狮子在饿极的时候，它终究是要咆哮起来的，要是狮子一旦真的咆哮起来的话，那现实的面目更将转变到怎样呢？

1936. 5. 14

六十

远渡重洋的陈光甫氏，经过月余的谈话，已于昨日和毛根韬氏成立协定，虽是这协定内容尚未经官方发表，可是在每次中美货币双方的谈话里使我们相信双方协定的根据点，还是建筑在我国大量存银的收买方面上。

根据最近生活的经验，中国的币制是如何急速地奔赴通货膨胀的前程，法币的无限制增发，这是不容掩饰的事实，同时市场方面贬低币值的谣传也随时有被政府采用的可能。此外，因走私问题所引起的政府财政上的困难，这也是促使目前无形的通货膨胀的有力的因子。宋子文、马寅初诸氏，到现在他们也不能否认目前的法币是正在向通货膨胀的前途急进。那末表演在中美协定签订之后的不是通货膨胀的实施，就是货币贬值的公布。

就一般经济讲，货币贬值对于国民经济的影响似乎较通货膨胀稍胜一筹，可是要是管理稍一不慎，那末一九三零年巴黎法币的大乱就不难在中国重演。通货膨胀的结果，最先受到打击的自然是工资阶级，可是因工资阶级经济紧缩的后果，必将把整个经济导上更恐慌的领域。由于这广泛而普遍的经济浪潮的深入，必将促使现实社会起了更激烈的转变，这火山口的喷发，谁也不能预料何时才能停止。

中美货币协定的缔结，在御用的经济学者方面说，似乎是件值得庆幸的事，但是继这中美协定签订后的不是中国在某种的引诱下不自知地走上货币次殖民地的阶级，就是因国际货币战的波荡，迫使中国币制走入更纷乱的领域。这些对于我们挣扎在死亡线上的大众毕竟是没有多大的利益呀！

1936. 5. 15

六十一

风，三月的风，暖洋洋地吹着，吹回了大地的春绿，带来了人间的欢笑。粼粼的清波，平泛着耀眼的潋滟的垂柳，系萦着几许的春梦，春毕竟是扰人的，毕竟是可爱的。

谁说长住在都市的人们，永不知道季节的更迭，那大公司布帘的展台，那娘儿们的新装的初试，那聒耳的无线电的音流，那大戏院的剧本的变易，不是明确地告诉我春秋的禅替，不过，不论严寒或盛夏，在都市，春终究是长住的呀！

仅是不住的内忧和外患相继地侵蚀着我们的国族，但这在金融资本统治下的大都市，尤其是在国际金融资本角逐下的大上海，她们——这些托庇在外人统治下的享乐的一群，决计不会感受到经济破产的影响。固然，成批的劳动大众在金融资本钳制下的工厂纷纷停业中，迫使他们很快地走上了失业的领域。可是整个挣扎在死亡线上的劳动大众的失业，对于资本主义骄子的享乐终是无关的。

虽然频年的资本的逃避促使这苍老的都市日渐走向后落的穷途，不过产生在这都市里的人物，对于刺激的要求却更因经济的后落而增加他的需求。刺激的浓度不论天翻或地覆，只要不压倒他的头上，他们还终得尽情地享乐，这享乐掩盖了他内心的忧患，掩盖了经济的破产。

横贯在大都市中心的柏油路怪整齐的一条条地罗列着，在地上面涌流着挣扎在生活重荷下的许多人的汗血，奔驰着一九三六年式的流线型的汽车。百货商场的大门像虎口般的高张着，作对的绅士和淑女踏着怪有音律的步伐在这虎口里穿进又穿出。但是在这都市的极东和极西却依旧有一簇簇的十八世纪的建筑，偃卧着无数的筑成这都市繁荣的有力因子的劳友们，他们正在充满着几经化学的蒸发才发出来的堆积的垃圾的异味里度着生活。他们这样地生活着，他们痛苦地挣扎着，可是管理市政的绅士们永不会在市政报告册上，载上这被遗忘的群角。

春风暖洋洋地吹拂着，吹动了百货公司大减价的市招，吹荡了都市妇女特有的浓厚的脂粉和肉香，也吹散了街头无线电的曼妙的歌唱和舞场里动人的音律，还带来了发泄在汽车过后的煤气的异味。但是这蒸发后的垃圾的奇臭和高压下生活的呻吟，却老是被春风在半途里吹散，永不能带到这享乐的天国?

1936. 5. 18

六十二

签订三年的塘沽协定，最近因受华北走私强行掩获的影响，已于今日由中央正式发表，这展延两年的闷葫芦，到今天才开始打破。

国际帝国主义特别是“友邦”对我的进攻，早已到了白刃相接的境地，不论“提携”也好，不论“合作”也好，充满在这动人的辞句里，只是铁和血的臭味。三省是在不抵抗主义下断送了，热河是在一面抵抗一面交涉中完了，冀东和察北又在秘密外交中踏上了沦亡的领域。冀察独立政权更因日本军人的催生正演着一幕滑稽的时代的喜剧，经年来的外交的收获只不过是成块的国土的沦敌。

历史的事实正确地告诉我们，弱小民族的解放决计不是秘密外交所能奏效，他不仅不能给民族解放有些微的臂助，且正相反更因秘密外交的进行愈益把整个民族永沦在万劫不拔的深渊。固然现阶段我国外交的软弱确是不容伪饰的，但外交软弱是一事，秘密交涉又是一事，我们虽反对当局外交手腕的软弱，可是尤反对秘密外交的进行，塘沽协定以至“何梅协定”不已成日下友邦走私的最好借口。所以我们因塘沽协定所给予良好的教训，切盼当局能大胆地将已往中日间交涉经过情形尽量地公布出来，因为这不仅可消释我们国民的疑惑，并且还可以消释真正关心我国的友邦人士的疑惑。

1936. 5. 19

六十三

粤菜的特有的香味，一阵阵地不住地从广正隆的玻窗里透露出来，这香味毫不留情地向着鼻管直钻，本能的感觉敏捷地引起了我轱辘的饥肠的扰动。

一双贪婪但也是悯求的眼睛深嵌在失了营养的菜色的脸上，迟钝的眼珠跟着在刀砧上不住地上下，向烧肉摆荡，在他的脸上，摆荡在他脸上，很容易地看到他是如何的正在和某一种欲望坚苦地奋斗。当我偷偷地向着玻窗瞧去的霎那，我正看到他的正在挣扎的面部尴尬的表情。

饥饿这充满着危险的爆裂品正不住地在各地伸展着他的魔手，不论寡头的金融资本是具有怎样的手腕，可是也不能挽救这世纪的厄运。全世界的饥饿的大众，现已不能再在饥饿线上辗转地死亡，那划时代的悲剧将在不久的将来在我们的眼前展开。

不论资产阶级的统治是怎样的周密，那两个不同阶级的矛盾的对立，终究不是“光荣”或是“文明”所能消释，继着这剪刀型的矛盾不住地展开后的恐怕只有铁和血的搏斗，才能使这复杂的问题得到根本的解决。

1936. 5. 20

六十四

“我们是生来帮助别人找幸福的，不是来给自己找幸福的。我们这一家里已经有过不少人把幸福享受得太多了，他们把我们的以及许多别人的幸福都享受去了，现在应该由我们偿还出来，这思想还是你教给我们的，至少你总是第一个鼓舞我，采取这见解的人……”在《百鸟之歌》里，书中的女主人公这样亲切地感动地说。

幸福在现实的世界里，除了极少数的特殊阶级外，对于大多数连吃饭还顾不了的人们本来是无予的。纵是我们靠着旧社会的遗毒，饥寒的魔手似乎还不能立刻来抓住我们，但是那凄苦的垂绝的生命的呻吟却紧紧地包围在我们的四周，同时生活的重荷又毫不留情地高压在我们肩上，在表面上说，我们似较那群整日挣扎在死亡线上而仍不得一饱的劳苦大众稍胜一筹，可是这介于两者之间内心的痛楚又有谁知道？

社会是浑浊的，法律是盲目的，充满在这现实社会的只是赤黑的一片，不论东北或西南，不论都市或乡村，参遍社会的全领域几乎无处不是潜伏种可怖的阴影。高等人物在吮吸饱了我们的膏血后，就怪自然地径自跨上了享乐的宝座。劳苦大众除整日牛马般的操作外，在痛苦没处申诉的时候，老是委诸虚无的命运，但是我们既没处可以去吮吸别人的膏血，又不能把现实的一切一概抹杀而永远去诉诸因果论。也许正因我们所懂的似乎较别人深多一些，于是切身感到的痛苦当然也较别人加深了一重，因为痛苦的加深，更使我深悔不该比人多懂得一些，同时又因我们所懂得不多，仍不能来拯拔我自己的苦恼和烦闷，就像烙印般的深深地牢植在我的心田，自以为坦白的心田。

世界是动荡的，特别是在现在，但是像我们这样既不能站在时代的最前线去干我们所要干的事，又不甘心在“卫道”的旗帜下摇旗呐喊地跟一般人去搬演着世纪末的滑稽戏。于是这周遭的空间自然变得非常的狭小，可是那逝水般的时间并不曾因空间的狭隘而暂时停止他的奔流，却又肩起他永久的使命荡荡地东逝。

“幸福”决计不是几个人独有的，要是最大多数人还不曾解决饥寒的侵袭前，那幸福永不会降临到人间。即使有也只是某些人非法猎取这幸福的基点，而且，还是建筑在别人痛苦的上面的那沙滩上的楼基，谁都知道它不会长久的。

人类的幸福还需要人类去找求，创造天地万物的原不是上帝，而只是人类。负有创造一切的使命的人类呀，赶快及时兴起吧！

1936. 5. 22

社會漫畫（野餐）

3.　1.

4.　2.

蔡若虹作

六十五

在利娜氏日记中，我见到两种不同的力量，开始在一个女革命家的内心决斗，这强有力的争夺战展开了一幕人生的悲剧，天伦的爱和人类的爱永无休止地在她的胸间翻腾，这翻腾几乎将淹没她过去的光荣的一页，要是她丧失了继续奋斗的决心的话。

爱除了白痴的疯癫外，整个的人类真是谁个不需要？青年的男子、怀春的少女、襁褓的孩提、活泼的儿童、中年的父母、迟暮的老人，和此外一切一切的还不完全丧失了知觉和灵感的人儿，他们永远是这样的追求着，永是这样的祈望着，爱掩了大地，爱遍洒了人间。虽是残酷的现实的鞭子有时活生生地带走了许多人心爱的人儿，但这只是社会制度的缺陷。对于爱的本身，还是不断地生长在各个人的心田，甚至更因外力的阻滞，愈使他发扬光大起来。

但是环绕在这现实的四周的，却只是赤黑的一片，多少的需要爱的慰藉而仍得不着爱的人儿不住地透露出人生的凄厉的呻吟，几许的孤儿寡妇老人中年在生活的重重的高压下，在封建的无形的毒刃下正度着凄凉孤独的生活。多少青年儿童少女壮男在饥寒的巨轮的辗动下，带着个疲乏的身子去干那体力所不能胜任的工作，他们或她们都是一样的需要爱的慰藉，爱的浇灌，可是社会都不允许，不仅是不允许，并且还更快地在促成人生悲剧的演出。

毁灭的阴霾沉沉地紧压在每个挣扎在死亡线上的人儿的头上，宗法可以毁灭他，法律可以毁灭他，特殊阶级的威力更可以随时夺去他的生命。虽是这生命在我们生活在水准下的一群，似乎对于一个人的死亡并不见得怎样的重要，但是不管生活是怎样的痛楚，在每个人最后的呼吸还不曾停止的霎那，生命终究还是最值得人留恋的。于是留恋和牺牲，生存和毁灭的浪潮老是不住地在每个人的内心搏斗。

“孩子记着，不要让自己给爱情毁灭了，那只是生活里的一个点缀，他是火，围绕着玩是很危险的”，不错，爱在男女之间原本是人生过程中的点缀，但是那群没有爱、失却爱、渴望爱的辗转在生活重荷下的人们，他们究竟是如何地祈祷着爱他的人起来替他们谋永久的解脱呀！

1936.5.23

六十六

许是环境的陶冶吧，集团生活对于我似乎一向不能引起多大的兴趣。固然这半是儿童教育深染着封建色彩所造成，可是近年生活的高压迫使我放弃了业余的活动，也不能不说是个有力的因子。

多幸在昨天，李校长（公仆）的演辞里，他明确地告诉我："一个人学问的获得、地位的造成，决计不是单靠一己向学的志趣，而是有赖于许多前进朋友的扶掖和策动。"不错，人生的精力是有限的，世界的学问是无穷的，倘若仅凭着有限的精力去追求无穷的学问，不仅在求学上要发生几多的困难，就是在现实的认识上，也不免有歪曲和错误的观感，为欲更正这点，前进朋友们的结合确是件非常需要的事。

时代早已从个人为出发点，而进化到集团去谋幸福，历史又明示我们不是团结永没有单独生存的原理，何况在这个战争热的世界，在这非常时的中国，书外读本的找求、社会科学的习作，绝不是单独的可以进行和了解。我们这群抱有求知欲的青年对于现实的沉闷，固抱有种打破和改革的决心，要是不先从集团着手，那末，仅凭一己的怨恨和仇视，对于社会的前途终究不能给予他些许的匡助。所以，在听了李校长演辞后，更使我切感到有参与集团行动的必要。

“友邦”的铁骑已骋驰于华北，整个华中以至华南也随时有听到宣扬东方“文明”的炮声的可能。在这暴风雨的前夕，我们处在次殖民地地位的中国青年，更应如何的预参这铁的集结，来应付那即将到来的血的浪潮。

1936. 5. 25

六十七

五月的风，怪轻微地吹着，吹醒了昨宵的宿醒，吹开了惺忪的睡眼，虽说时间早已到了初夏，可是吹在身上的晨风却又带来了微微的寒意。

早晨毕竟是可爱的，特别是在都市那初上的朝日，在重雾的厚幕里透露出耀眼的金光，这金光跟着黄澄澄的江水相映地逼射出条条粼粼的金蛇，在波涛的兴伏下怪有诗意的闪烁着。

跟着金波的不远，在大江的那边，辘辘的起重机正在伸展开它的攫人的魔爪，成群的失却营养的人们杂乱地在这起重机下匆忙地奔走。大件的木箱，小杂的麻包，才从起重机上卸下的一霎眼，转又在这人群的迅捷的动作下随着弯曲的身子，飞快地奔进了那高张着虎口的堆栈，货物不住地向着堆栈里搬，每个人腰间的竹签，同着栈里的货物相等的增加，管栈的在笑，分签的在笑，搬货的也在笑，虽是这笑早已被满头的大汗冲刷个干净，可是找到工作后内心的欣慰的流露，却还可以在他们轻松的手脚上看到。

起重机不住地起落，码头上杂乱的人群跟着起重机一样也正在匆促地奔走，充满在这一角的除了像伏尔加船夫曲一般的“嗨嗨”的声音外，只有蒸发着汗气和散落在地上的碎屑的摆动。两个高个子的印度人手持着藤条怪安详地在这里逡巡，他监视着一切，深恐这群生活在水准下的人们会展使他们某种可能的手段。

突然，皮肉和藤条的接触的声浪冲破了这冷寂的空间，两种不调和的音流随着晨风不住地吹送过来，虽是原只是几个调子的事，可是那秩序的维持者，却又不肯轻易地把他放过，他仅多领了根签。

在都市人和人间的剥削，原只是件平凡的事，但是莫名的悲哀却跟着这个劳动者沉重的步调，蓦然地向我心头猛袭，虽是我并不曾和他有一面的认识，可是这都市里惯演的把戏，却使我无力再在这里鉴赏，心上重重地像有块什么东西压着，几乎使我呼吸也要感到相当的困难，但是在还不远的垃圾桶旁，却给我发现了堆特别容易引人注目的东西，这并不能说是枯萎的花篮，像是给谁遗弃似的，静静地躺在那边，康乃馨的鲜艳和玫瑰的香郁还不曾消失它动人的色彩。“这至少也该值几百元吧”，我心里暗自估计着，但它是被遗弃了，正像遗弃一个被蹂躏后的少女一样。

抬头望了望大楼那扮相光洁的铜钱，被朝阳映射出几个发亮的宋字“海上俱乐部”，似乎和大江那边显是刻划出两个不同的世界。一切都是静寂的，只有散乱在光滑的地板上的彩纸跟着微微的晨风沙沙地发响。

1936. 5. 26

• 她從菜市上拾取殘敗的菜葉來養家裏大小幾口兒

Discarded vegetables are cherished by the poor.

• 包飯作的冷飯殘羹竟是叫化子們的佳肴美饌

Left-over food is good for hungry stomachs.

• 饑寒迫使他離開學校，在街頭寫"告地狀"乞錢

Appeal for mercy written with chalk on the pavements of the street.

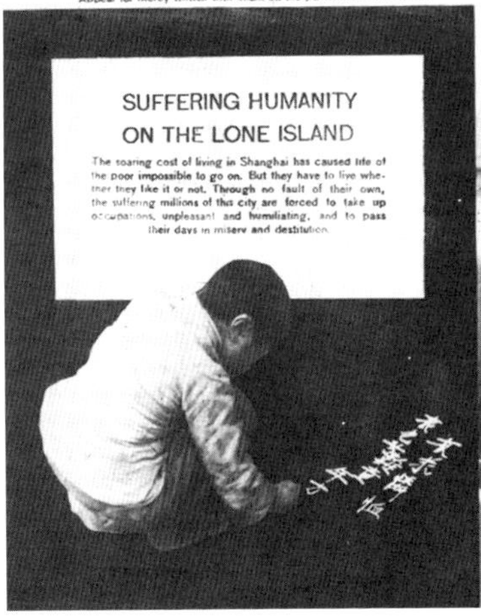

• 不避臭穢鑽入垃圾箱尋找他心目中的爛片和布屑

There might be something useful in the refuse chamber.

六十八

“环境虽然可以改造人，但是有时人也可以改造环境”，这一念的触发顿使我重鼓起疲惫的精神，去参与这个报章上所不能见到的新“二十一条件”的叙述。

先前我不曾预知今天有这种的称述，并且还因晚餐的不守时间，使我失去了前往上课的勇气。但是洗脸时偶然的触发，却像鞭子般的重又煽起了内心的热力的燃烧，“环境毕竟是人类决定的”，不错，今天的满意的收获不就是明确的例子吗？

1936. 5. 27

六十九

今天不知怎的我又悄悄到贞的地方去了一次，虽然我明知道这两个不同思想的并且还被无形壁垒阻隔着的人，永没有结合在一起的可能，但是我是去过，还是特地的为她而去过。

每次的晤面中，她的两只发亮的眼珠，时时给我带来了许多莫名的欣慰，在这似乎要照澈人的内心的眼光里，她告诉了我痛楚悲哀、欢欣喜悦、烦闷和厌倦，一切人生的遭遇。因为在这世间很少有关怀她的人，即使有，也不见就系念她。她活泼、她干练，但是在这活泼干练中，又有谁能灵知她内心的创伤。

婀娜的姿态衬映出个少女的丰满的脸庞，在她灵活的眼珠里明白地使人知道她是如何的聪慧。固然频年来物质文明的引诱，似乎迫使她离开我们的世界愈远，但是，倘若有人能够诚恳地去引导她，那末要她回向我们的阵地来，在事实上还是可能的。

在我们会谈的顷刻，激情每每轻易地扣动着我的心门，累使我感到有相当表示的必要。但是脑海里冷酷的理智却又告诉了我现时代的一切，叫我回头向四周看看。不错，那周围可怖的阴影，决不允许时代的战士去自圆他桃色的好梦，何况这无形的壁垒又要隔绝我们间的一切呢？

激情仅是不时地冲动着，可是四周人们的苦脸却比激情显得更有力不是吗？“友邦”的军人正在串演着一幕新的“二十一条件”的把戏，谁还能不顾一切地去颠倒在青春的男女之间。

1936. 5. 28

七十

醒醒吧，我所敬爱的朋友！时代的丧钟响了，决不再容我们在苟安里逗留，虽然，我不曾当面来提醒你，但我却在这里深深地为你的拯拔的成功祝福。

皇宫大戏院屋顶上的霓虹灯闪闪地发射出耀眼的金光，这金光川流不息地在玻璃管里循环着，从分散到聚合，从聚合到分散，仿佛象征着人生的一切。

静寂而修长的柏油路悄悄的、死样的。

远东“王道”的宣扬者——日本帝国主义，最近因欲保持东亚的“安定”起见，由军部主动下的对华增兵已于日前陆续抵华，从这扩充部队的编制和驻防看来，我们可以明确地认识继这扩大驻军后将有种怎样的局势的展开。

“二·二六”兵变后的日本政治早也脱离了宪政常道论的常轨，代之以赤裸裸的指挥刀的统治，广田内阁的不同于冈田内阁已是铁般的事实，雅明甚寺内陆相的不免受荒槙时辈的牵挚，那也是不容伪饰的事实。虽然广田三原则的提出，川越使华命令的颁布似乎在偏惠的立场上，未始不能从外交方面达到最后的目的，但是这种曲折迂回的政策似乎终难得到军部的青睐，此后对华政策有实施

"外科手术"的必要。

和军部夙有渊源的有田氏出任外相，在黩武主义的显明的旗帜下，自将不同于内田康成的焦土外交、松冈洋右的水鸟外交和广田弘毅的协和外交，而是赤裸裸地在流布反苏的烟幕中进一步的来完成大陆政策中灭华的企图，那战时编制部队不住地西开不就是武力宰割前预布阵容？

在华北各地的纷纷增兵声中，不尽的私货早已突破海关的藩篱，凭着冀东傀儡和日鲜浪人的掩护又复源源地西来。这大批私货的倾销，不仅迫使我政府财政将要显现空前的赤字，就是在风雨飘摇中的民族工业也将加速他的破产，夙有民族工业之母的纺织业经不住有计划的走私和倾销，早已走上停业和减工的境地。成万的劳动大众又因国内市场的缩小和国际资本主义的掠夺，在工厂的停业减工声中沦入了失业和半失业领域。这种社会危机的蕴伏，使我们有不得不归功于国际帝国主义特别是"友邦"所赐予。

去岁十一月三日法币政策在国际汇兑结价上，自不免与倾销政策以若干的打击。同时外汇的固定在一先令二便士半间又不得不重仰伦敦市场的鼻鼾？于是霞关策士眼看着在他势力圈内的中国竟放弃东京路线不走而又自投向伦敦唐宁街绅士的怀抱，自不得不多方运动还以颜色，冀察政权就在强奸式的受孕下开始不成熟的坠地。同时，偷税走私又在一贯策略下纷纷出动，冀在军事经济双方夹击下，迫使中国走向"农业中国工业日本"的路线，在宗主国的指使下，来造成中日满经济政治的布洛克。

最近由陈光甫和摩根韬签订的中美白银协定，似乎在法币的前途上多了层相当的保障，同时又予以日本帝国主义独占中国的一贯政策以一种猛烈的打击。于是在金融资本支持下的日本军阀既顾念到经济势力万不足以和金元王国抗衡，又深鉴于苞有世界矛盾性的英美并没有联合干涉日本的可能，要是单靠一国的兵力决计不敢和日本为难。所以一意横行蛮干到底，准备在指挥刀的威胁下，迫使中国实践广田三原则，真个走上“经济提携”的绝路。

诚如正在回国途中日本驻京总领事须磨弥吉郎的话：“今后局势为中国必须对日相互维系与对日作战之两途中选择其一耳，余已正式向蒋院长切实说明此点。日本如退让一步，即不啻总退却，日本必须抱其不可变更之自信心勇往直前。”要是中国还不甘自灭亡的话，那末，接着华北增兵行将展开幕伟大的英勇的壮烈的民族的抗争战。

历史的事实已显明地昭示着未来的一切，东非的阿比西尼亚、地中海畔的埃及和中亚的叙利亚、巴勒斯丁巳（1917 年）先后燃起反帝的烽烟。固然帝国主义的飞机和大炮、炸弹和瓦斯，似能摧毁地面上反抗他的一切，可是在每个被压迫的大众内心燃烧的反帝怒火，却绝不是炸弹和瓦斯所能毁灭的，何况这十二万五千万弱小民族以及帝国主义世界里被压迫大众的兴起，无疑地定将这残酷的帝国主义加速地送进他自己掘成的坟墓。

当心着，新罗马帝国创造者的贪嘴，才吞并了仅有一千万人口的阿比西尼亚的一半就整整地消耗了三分之一以上的国力，那末这四万五千万被压迫民族的奋起后的持久的抗战，不更将触发那酝酿在金融寡头暴力统治下的社会危机的火线。

1936. 6. 1

七十一

死，毫不留情地把每个人很随便的抓去，不论你是善或恶，诚或贫，他到头终是不肯把你轻易放过，就是诚蔼自谦如式如伯父也不免于一日夜七时半左右，走向这人生最后的归宿。

固然像式如伯父的蔼然自守、乐成人美，在现时代这样的动乱的社会里确实是很少有的，同时他甘自度着淡泊的生涯，而不吝对于救济贫病的赐予，这点虽不致永垂久远，但也确实是值得令人怀念。但他现在是去了，是竟一唤不视地去了，这在我们子侄辈固然是一种严重的损失，就是现社会层里的贫病者群也不啻暗里给予他们一种无形的打击。

式如伯父现已仙逝了，对于他的死我们自切感到许多莫名的悲哀，但是我们还得代他庆幸的就是他已安全地避免了这划时代的浩劫，因为充满在这世界里的不论中欧或远东，都随处可以闻到猛烈的火药味，尤其是东方的日本，为欲现实“大陆政策”的迷梦现正猛烈地向我进攻，那末这空前的流血正无时不刻在远东展开。

虽然我们对式如伯父的死，就本身说自不得不认是种悲剧、重大的损丧。可是时代决不容我们在损丧悲哀中毁灭，还有更大的使命需要我们去完成。那火线下的平津委实有随时沦亡的可能。我们纪念式如伯父，自当竭力保护他生长的乡土，同时更应进一步地去捍卫这垂危的国族，因为只有整个国族的存在才能使他永久地安眠在地下。

1936. 6. 3

七十二

在昨天电通社的新闻里传播了个惊人的通讯，“宁粤双方有随时开火的可能”，这新闻带来了大的扰动，不仅公债市场引起了激烈的波动，就是社会人心也蒙上了层可怖的阴影。

从这新闻的传说里，我们可以明确地见到敌人现在正在利用着分解政策来转移国民的视线作进一步的掠夺，唯有宁粤交讧才可以使他毫不费力地进占华北，唯有对内用兵才有他操持整个中国的政治经济的可能，这毒辣的手腕岂仅是钢刀毒药实叫你饮鸩自甘。

但宣传终究不能完全抹杀事实，不论日本帝国主义的手段是如何的巧妙，终难尽掩天下人的耳目，何况在这非常时的中国，除了极少数的毫无心肝的汉奸外，谁也不愿去干自己毁灭自己的把戏。即使一二当局还图着武力统一或是武力割据的迷梦，可是其又奈大多数的国民不愿去代他作无谓的牺牲。

因此我们更可以深切地认识到帝国主义的灭华他是不择手段的，只要这手段于他有利就可以不顾一切地放手去做，我们要生存，只有干，我们要斗争就须先行冲破一切帝国主义所加在我们身上的束缚，因为弱小民族的解放和资本主义的独占，无论如何不能并立在一个世界里的。

1936. 6. 4

都市之光

七十三

跑马所里的大自鸣钟正横指在五点一刻，作对的绅士和淑女，狂风般地从大光明的玻璃门里蜂拥出来，顿时在人行道上掀起了人的浪潮，这浪潮不住地向东西兴伏着，跟着西下的夕阳展开了条长的行列的扰动。

发亮的皮靴和着新奇的高跟鞋，踏着合乎音节的步子方从大光明里出来，就曼妙地步上了安乐舞所的石阶。一对对的好似预先排了条人的长列。白衣的侍者怪谦和地从绅士淑女们的手里接过了呢帽和大衣，在躬敬的态度下把他们引进了个和马路上绝对不同的世界。

乐声是美妙的，色彩是调和的，小壁厢里闪烁的电珠更不时地映出幽静的光波，充满在这舞池的没有刺激的人的叫嚣和声浪里，除了音乐台上散播出来的悠扬的乐声外，只有在静的氛围里流布着种和脂粉交织成的香味。

台子跟舞池里的女人一样，各有着醒目的陈设，安闲地蛰伏在每一个角落花桶里的康乃馨怪鲜艳地似乎正在伸手向绅士们展抬。当乐声停止的霎那，灯光重又恢复到他原有的色调，于是整对的绅士和淑女不得不把他们方酣的舞兴暂时地抑压下去，靠酒精和尼古丁的麻醉追求一种刺激的追求。

卷曲的头发轻轻地低复在每个涂满着脂粉和香水的脸上，裹得紧紧的身子很均匀的衬映出每一部分的曲线，一晃一晃地像水蛇般地斜依在燕尾服底绅士的怀里。攒动灯光本来是清幽的，特别是在悠扬的音韵里更显呈出他的撩

人的色彩，舞池里的绅士和淑女跟着和谐的音律，跨着合拍的步子不停地在这里跳来跳去。

净洁的台布雕挖出几点应时的图案，光滑地平铺在玻璃板下，在淡绿色的波光的映射下，分外显示出它的幽美。台上捷克出品的花桶，经四壁照过来的灯光泛出种闪眼的色彩，和着桶子里的鲜艳的康乃馨，使人平白地感到有种说不出来的美感。

酒香和女人的肉香一样弥漫了整个天堂的领域，夹着种浓厚的尼古丁气息的散发，分明酝酿了种特有的空气。这气息的流播几乎使每个人的呼吸都感到种异乎寻常的困难，但是窒息的空气却又很快地在刺激的追求里冲淡散发。

台上花桶里的康乃馨吐露着馥郁的香气，似乎正在向舞池里的绅士们伸手展招。可是经不住烟缸里的烟蒂的熏炙，慢呀慢的早已由鲜艳而趋于枯萎，防佛暗地象征女人的青春是如何的悄悄地消失。

救亡运动的展开，虽是跟着华北危机以及国内分裂的继续和加深同样地有了重进一步的成就，可是这成就还不能拯救华北国土的沦亡和自相残杀的厄运。

近几日来，在英日帝国主义的支持下离心运动实已达到了个闽变后未有的高潮。粤桂的军队既在抗日的旗帜下开始动员，同时中央方面又坚持统一抗战的原则，力主西南行动必须在中央统盘筹划之下。于是，因政见不同而引起的政治上的争执已到了用武力表示和解决的绝途，这在国难危重的今日，我们除了切感无限痛心外，真是无话可说。

不过我们根据事实上可能的推测，这次国内离心运动的发动，无异给予日本帝国主义进占华北一个绝好的机会。不论西南的行动是如何的正确，不论中央的方针是如何的缜密，可是给予民族敌人侵占的机会这却是千真万确的事实。倘若衡州的炮声在双方互不相让的态度下开始自相残杀的狂吼，那末无疑的，华北数十万方里的国土定将在最短期间内变更他的颜色。

1936. 6. 25

七十四

在并不是偶然的集合中，我开始认识了一位朋友，从他的言论上可以使每个人确信他是具有说话的天才，因为在他沉着的有力的语尾上充分地表达出一句话的力量。

他咒诅着现实，他痛恨着现实，这许是他躬受现社会和四周环境的荼毒，可是在不认识他的人却恐怕每因言语上的误解而错认他的立场。因此在学期即将终了的前夕，我们站在同学的立场认为他仅是咒诅和痛恨是不够的，要是环境允许的话，我们希望他能进一步奔向争取的前程。因为在这金融资本统治下的现社会对于一切事物的改进绝不是泪的哀求和痛恨，而是力的攘夺和争取。

赠予允康

1936. 6. 27

七十五

时代永远是动荡的，特别是在现在继产业暴君后产生的金融寡头和跟着经济恐慌同时诞生的法西斯蒂统治，很快地紧抓住这整个战后的世界。不论此际或彼时，不论远东或欧陆，凡是这世界的每个角落，除了占地六分之一的另一个天地外，几乎没处不是处在金融资本的高压统治下。

仅是这世界的寡头的统治者，挟着超越的金融的潜势，毫不放松地占有了全部的利益。可是地狱里的对于生之改善的呼号却又不时地越过高峨的铁门，流布在这阴沉的空间。这呼号飞速地在各地生长，特别是在奴隶们的心田，更有种不可抗御的力量，不自知地暗自蓬勃着。

生之改善的要求虽是时时地扣动着我的心弦，斗争的焰火怪动人的在我眼前炫耀。但是争斗固然是重要，不过吃饭似乎比斗争更来的重要。这定是我认识的错误和幼稚，我每次都是这样的怀疑着。朋友，年青的朋友（朱棐），你可能给予我种匡辅和指正？

1936. 7. 1

七十六

在《大众生活》停刊后四月多的今天，变相《生活》的《永生》也因环境的关系逼使他走上了和《大众生活》的同一绝路。在这抗日救亡情绪高涨的今日，我们对于民众刊物《永生》的被封，自不能不认为救亡阵线中的一个重要损失。

每次民族革命的过程中，失败老是紧紧地跟随着打击革命阵线的人物，要是没有艰苦卓绝的意志和决心，简直随时有沮丧和消极的可能。不过真正的革命成员，决不因外方所加于他的重重的障碍，就消阻了他前进的志趣。且正相反，正因反动势力的抬头，更使他有更进一步的认识和了解来完成他的革命的伟业。

时代的丧钟早已在帝国主义疯狂的侵略下开始狂鸣，民族的敌人也因内在外线的矛盾的刺激而加紧向我进攻。在这纵的不久的将来，在这横的不远的空间，凡是我中华民族不愿做亡国奴的人群，要是政府还是这样的屈服的话，那末，他们定将奋起来执行历史的任务。那时，真正的民众的舆论无疑地一定要在抗日的前提下成立起来。

《永生》固然是被封了，但是我相信在这不远的时间中，一定还有种救亡刊物在高扬的抗敌情绪的孕育下开始它的诞生。

1936. 7. 3

七十七

据华联社六月二十九日天津电，“热边某村（陈留营）曾为某部义军据作进攻日伪军之根据地，近以义军已告退去，日军为泄愤计，竟对全村四百余户大施屠戮，并纵火尽烧毁民居”。从这简略的通讯里他明确地告诉我们，帝国主义对于殖民地大众的进攻已到了白刃相接的地步，正如须磨①总领回国途次所发表的谈话一样，早已远不是提携，就是战争的绝路，绝没有我们徘徊瞻顾的余地了。

在日下，凡是抗日的行动，只要是不妨碍民众的最低限的生活，无疑地一定可以得到绝对多数群众的拥护和支持，因为抗日救亡运动已是他们的一致的要求。四年来，东北四省不愿做亡国奴的同胞们，他们无时无刻不是引颈西望，亟盼政府当局驱师北来，收复失地。但是这还是比较来得生性儒弱和认识不清楚些的，至于那些前进的朋友，他们是早已树起抗敌的大纛，在民众热诚的拥护下利用着一切地利上、战术上、天时上给予他们的便利，继续不断地在抗拒民族的敌人和争取最后的胜利。虽是在数量上似乎已比先前减少了许多，可是他们在质的方面的改进实已

① 须磨弥吉郎，日本昭和时期的外交官，1930 年任驻广州总领事。

充分地养成了真正的抗日的战士。

斗争在现世界固然是需要，可是在殖民地大众却比较更来的需要，要是陈留营的民众，他们在平日能够在抗日的前提下养成了许多民众的武力，那末，在义军退走后的今日，他们自己还有抗敌的力量，决计不致这般地听任兽军的屠杀。同时，相反的在日帝国主义武力的进占下，生存的权利早已被刺刀威胁剥削的一干二净，无论你是怎样屈服，怎样忍受，可是帝国主义的屠刀都可以借着细小的题目轻轻地架在你的头上。那时，这一味屈服和忍受的人儿无疑地定将在帝国主义的喜怒下，任意地做了屠刀的祭品。

1936. 7. 4

七十八

在《子夜》中，我们看到了一个“事业家”的没落崩溃。在多角关系中，我们又看到了一个“资产阶级”的破产，这崩溃、这破产在他们本身除了感到某种方面的不便外，并没有怎样严重的后果。因为法律是活用的，他们还得命令卫队连（从各方面剥削来的金钱）作最后一次的冲锋去。“资产阶级”在一切“事业”失败后，他们还囊括所有去做他海上寓公，以静待着景气的回复。可是这群用血汗换饭吃的大众却不得不随着“事业”的崩溃，飞速地踏上了失业的领域。

殖民地的景气原只是帝国主义吮吸弱小民族血汗后所遗留给某一阶级的滓余，所以这景气是跟着帝国主义一步一趋，并且为期是非常短促的，江浙的蚕桑、许昌的烟业，在1930年前谁也不曾想到竟致走上这般的境地。可是现在竟还有好多御用学者正在起劲地提倡植棉，这结果除了提倡植棉的先生们获得种国际血吸虫所遗留下的恩泽外，他们所给予劳苦大众的却只有失望和贫困。

真正的景气在这世界还有贫富相立的状况下，无论如何是不可来临的。虽然是在军事的、经济的重重的刺激下也不能加速机器的转动，只能招来跛行的繁荣。但是这与一般劳苦大众还是无助的同时，这种畸形的发展谁都不能保证他可以维持得久远，因为在这不健全组织下所产生的荣繁，只不过是金融寡头独享的或是御用学家叫器的景气而已。

1936. 7. 7

七十九

经国联大会绝对多数通过的对意制裁，最近因英伦策士眼看着第三帝国创造者的目怒脉张似乎切感到有实施“集体安全”的必要，于是在财相张伯伦的领导下，不惜狐埋狐搰提意撤销对意制裁，这在一以宗主国利益为前提的现世界原是不值得人们对他表示怎样的惊异。

殖民地的分赃本是帝国主义老玩的把戏，但是我们站在弱小民族的立场，却不得不对阿比西尼亚这次的失败的表示十足的同情和惋惜。因为在先前他既在约翰牛的支持下去和侵略者作壮烈的抗战，就是阿皇他最后出走的时节，也还躬受到大英帝国的保护和优待。可是曾几何时，不久这位曾鼓动阿皇去抵抗意军的大英绅士竟因欧陆局势的紧张、变迁，以致有对意妥协的必要的条件下，轻轻地出卖了为他而丧失国土的民族，摆脱了国际舆论所加在他头上的责任。这在炮声响呼一切的今天，帝国主义出卖殖民地大众的阴谋本是原无足异，不过目前阿比西尼亚的遭遇，我们自不禁要为他叫屈了。

但是我们环顾现实，离开国联会辽远的空际，竟也有个和阿比西尼亚相似的国家存在着，这里有野心者的侵略、有帝国主义的角逐、有危亡的挣扎的群众、有甘心出卖民族的汉奸，这些正和一九三五年十月一日前的阿比西尼亚一样，并且在这国土里侵略的敌人还要比阿比西尼亚来得凶，角逐的帝国主义还要比阿比西尼亚来得多。虽是他们自号地大物博，自号历史悠久，但这些对现实又有什么用处呢?

历史的教训很明确地昭示着我们未来的一切，忍受帝国主义侵略的国家要亡，托庇帝国主义均势的国家也要亡。要是我们仰赖着别人，那末覆亡的命运无疑会降临到我们的头上。

不过从覆亡里拯拔出来的民族也是有的，但是主要的还是需要本身的努力，近东病夫的土耳其不是在凯末尔的领导下走上了复兴的坦途。虽然现时的局势似乎已和二十年前显示得不同，可是在这世界里奴隶们携手的时候，那胜利一定是属于我们的。

1936. 7. 8

八十

去年的总理诞辰，一种恐怖的空气笼罩了整个的上海市。这天我乘着休假的余略，曾花了整整三个小时去作了次隔在惊扰的氛围里的世界的巡礼，结果他所告诉我的只是一种战争发动前的扰乱和恐怖而已。

中山秀雄的毙命，严格地说来原只是“友邦”猛力挺进下的某一方面的战略，这正和南京总领藏本的失踪同样的有着种不可告人的妙用。我们记得因中村的不归酿成了“九·一八”的巨变，因石本的失踪，被引为进攻热河的借口。一中全会时，中山秀雄的被毙和着二中全会正在举行中的今日萱生矿作的遭击，我们可以等量的认为大和武士的栽赃诬陷的鄙亵行为的演出。

我们站在纯客观的立场，对于这三井洋行职员的殒命自然寄予相当的哀悯，并且还因他是金融王国统治下的直接被腹削者，更给予种被压迫者群的同情。不过我们觉得，我们深深地觉得在军国主义麻醉下的“友邦”人士除了极少数的自炫为大和魂的军阀或者财阀外，大多数臣民还不是和我们同样的在双重剥削下挣扎受苦。纵是在国际的立场上，他们似乎是雄踞列强，可是这除了帮助金融资本的侵略外，对于一般的劳苦大众还是无为的，何况殖民地的买办阶级也可以从金钱的基点上来建筑起他们享乐的天国呢。

但我们在怜悯和同情外，对于这次萱生矿作的殒命，自不得不作进一步的检讨，根据着以往的经验，我们可以得到一个比较可能的结论，就是这次萱生矿作的被毙命只不过是大陆政策推行中的一个极细微的牺牲，由于这细微的牺牲可以使他得到种更大的借口，甚至还可以进占比他国土还要大的土地。这并不是凭空的臆测，因为过去的历史确曾这样地告诉我们。

历史老是玩着旧的把戏，过去的史绩不惜一次二次再来搬演。从以往的经验上，已使我们明确地认识到，一味地忍辱、一味地退让，结果还是招来更大的耻辱，而且并不能有补于实际。只有生之挣扎，只有力的突击，那才能保卫我们的国土，重完我们的神州。

战争，弱小民族反帝的战争，被压迫群众解放的战争，我们并不反对他，而且还竭诚地表示欢迎战争。神圣的战争啊！我们是如何地期待着期待着这新时代的来临！

1936. 7. 11

八十一

在这并不能说短的二十四篇小说中，我们明确地见到作者在内心所交织的两种不同的情绪，不时地在纸面流露着，从这愤恨和绝望、痛苦和悲哀的交流里，他所告诉我们的不仅是作者一己的创痛，并且还是很多人所同具的创痛。

《煤坑》和《电椅》毫无掩饰地描摹出劳动大众的生命是如何的不值钱，生活可以逼迫得你死，法律也可以逼迫得你死，挣扎在金融资本高压下的人们的生命的毁灭，原不如狮子狗的病死倒还可以引起绅士们几声的惋惜和怜悯。

《杨嫂》《五十多个》和《雷》，他告诉了我被人遗忘了的一群的毁灭、沉落和知识阶级又十足地暴露出某一阶级生活的卑屑和错误，将军里费多诺维科夫的丑态，这不仅是流落在异国的白俄是如此，并且还有许多人正依着他的道路前进。但是在化雪的日子和父亲买新皮鞋回来的时候，却又充分地昭示着我们正有多少的朋友为着人们的解放而努力。

可是仅凭着墨水的叙述，这力量是不够的，我们切望更多的朋友也能循着本书序跋里面的所指引的天路来突破这漫漫的长夜。

1936. 7. 14

八十二

当我挟着《沉落》归来的时节，一种极大的失望紧紧地啮住了这颗才经急步后正在激烈的跳荡的心。因为这本小册子里的五篇小说，我已在别处见到了三篇，我既不是什么藏书家，对于这劳什子的赘累，当然要感到阵非常的不痛快。

但是当我读完了《利娜》的霎那，一种新的鼓舞又使我得到一种并不是经常有的欣慰，那个在将军的府第里长成，在贵族的享受中生活的小姐，却竟因爱了一个平凡的青年的启迪，使她很快地从湿狭的泥淖里拯拔出来，而踏上了奔向光明的勇敢前程。

一方“为了说出了露西亚的真相”的缘故，就应放逐到那冰雪载道的西伯利亚去度着那非人的生活；一方听任着没有面包的奴隶发出他们最后的哀号，而忍心把精制的点心去喂养那才从日本订购来的小白兔。这在那般研究惯了巴黎的衣饰、竞异着颈上的珠围的圣彼得堡的贵妇人们原是件极平淡的事，但是在这经过了她的精神保姆的说教后的利娜，对于这眼前的景象、却切感到种异样的不舒适，这种不舒适的酝酿最后终究孕育成一种不可抗拒的力量。

不可抗拒的力量每每是在不知觉中生长的，尤其是在两个不同世界深刻对立的时候，这种力量便更易长成，在每个前进朋友的心田。但当我们张眼瞧瞧四周现实，变相的裁判官、德国人、女人、教士、贵族、农民却纷陈在我们的眼帘，他们的境遇、剥削甚至比沙皇统治下的世界更来得不如，更来得厉害。但他们被压迫的一群却老是这样的沉默，沉默得像在坟墓里一样。

这沉默是否能保持得长久？那难以解答的问题，突然地打击着我的脑壳，使我这昏沉的神志一时不能作一相当的结论。但是我相信在这地层里蕴藏着的火药爆发的时候，必然地要震毁建筑在他身上的一切。虽是爆发的时日谁也不能在现在预测，可是这火山的喷射却无疑一定要展演在我们的面前。

1936. 7. 16

八十三

在热的氧气的包围中，我踏上了那雨后的润湿的道路，去访那多日未见的从兄。说来也许是不巧，他恰已出去了。于是两种不同的思潮顿时在我眼前分划两条绝对不同的路，就是我去参与国文研究会呢，还是归去来干多日不干的工作——日记。

文学在某一时间我确曾为它沉醉过，但这陶醉的结果却只有给我招来大的烦恼，它告诉了我许多在生活里不能找寻到而确实有这般事实存在的奇迹，使我凭添了好多的识见，可是跟着这识见同时来的，更给我带来了许多“莫须有”的烦恼。虽是这烦恼在某些人是始终不曾感受到的，但我却给他感动了，感动得像听了救亡的演讲一样，甚至还曾自对自地发过改造这不合理的社会的“宏愿”。纵是这是在激情支配了全身霎那，不过这“宏愿”并不是不能实践和实现的。

因为深受到文学中记叙的激动，于是我就进一步的想一窥社会问题的堂奥，委实这问题是太高妙了，当我瞻望着这深邃的门第的霎那，我曾一度以为我已知道了很多堂内所陈列的，我都曾见到甚至还甚知道。但是不久难题是重重的来了，这事实的铁鞭不仅打破了我以往的幻想，并且还因问题的复杂更使我失却了握笔的勇气，同时竟又转向到文学方面去。这错误原本是浅而易见的，但我竟偷偷地这样做，不自知投向这深邃的幽壑。

多幸运这四周的呻吟重又深深地打动了我平静的心曲，固然文学是有感人的力量的，这是不容否认的事实。可是在这大动乱的过程中，仅凭文字的感人，这力量实在是不够的，那错综复杂的社会问题更还须要我们检讨和研求。这启示顿时又把我从悬崖上拉了回来，他指引着我一条路，就是理论的研究和事实的反证。

仅凭理论所得的结果原只有失败，因为它失却了实践的支持，就不能在这一划时代的浪潮中立脚，所以实践和理论等样地有着它的重要性。但是在这生活的高压下，实践似乎对于我们似乎是不允许，不过我们决不能因时间经济的不允许，就整个地放弃了现实的考察而专打着理论的幌子。

社会问题和文学似乎自有他们关联的成因，并且说不定也许是一个问题的两面。但我现在是为这问题而苦恼着，彷徨着。朋友，你可能给予我种启示和指正。

1936. 7. 19

八十四

在昨天热的氛围中，接到了你的来信，知道你最近预备升入大学作学问上进一步的研求。这在日下贫乏的中国到处都可以听到一股挣扎在饥饿线上群众的呼号，对于像你一样的能够升学的青年怎能不引起好多人的欣羡。

学问虽说是充满着这社会每一角脚落，听凭一班求知的朋友任意地撷取，但是自我的发掘当然不如在有系统的指示下容易达到成功的彼岸。因此，当我听到你预备进大学的时候，自不禁先替你的前途的成就祝福。

根据着几年来生活的经验，在这动荡的现社会中，实科似较文法科容易找到条出路。现在乘着你还未决定的霎那，希望你对现实的环境能加以多方的考虑和观察。

当这工作完毕的霎那，我每跑到外滩公园去呼吸那自由的空气，眼看着枝叶巍峨的梧桐，联想到你这种向上的精神，也能像这梧桐般的坚固贞实起来。

1936. 7. 21

八十五

在并不是偶然的集合里，我开始认识了位朋友，他有颗永久向上的心情和豪爽的生性。虽是我们把晤的时间非常短促，不过他的风格却可以在每晚上课或是向教员质疑的时候，使我们充分地见到他特有的亢直，这朋友是谁，他就是你。

纵是这酷热的骄阳，暂时把我们分隔在两地，不过我相信每个有着同一目标的心却永远联系在一起，他们对于光明的热烈的要求，并不曾因时、因地就违背了他的初衷。

近几日来，不知怎的，一种无谓的思潮不时在我胸头泛腾，“斗争和吃饭”这多方交织成的矛盾永是横亘在我的脑间。固然，在大庭广众的演讲会里，我曾听到过许多名人学者慷慨的演辞，他们指示出我们青年唯一的出路就是斗争。但是斗争固然是重要的，不过吃饭似乎比斗争更来得重要，这定是我认识的幼稚和错误。我每次这样地想，可是我却始终没有力量来克服这矛盾，朋友，你可能给予我种指示和启迪？

基于一次的通信可以在友谊上获得层较进一步的了解，于是，我就冒昧地写信给你，亢直的朋友，想你定能

不嫌我的烦，而给予我种解答。（给仇白）

1936. 7. 23

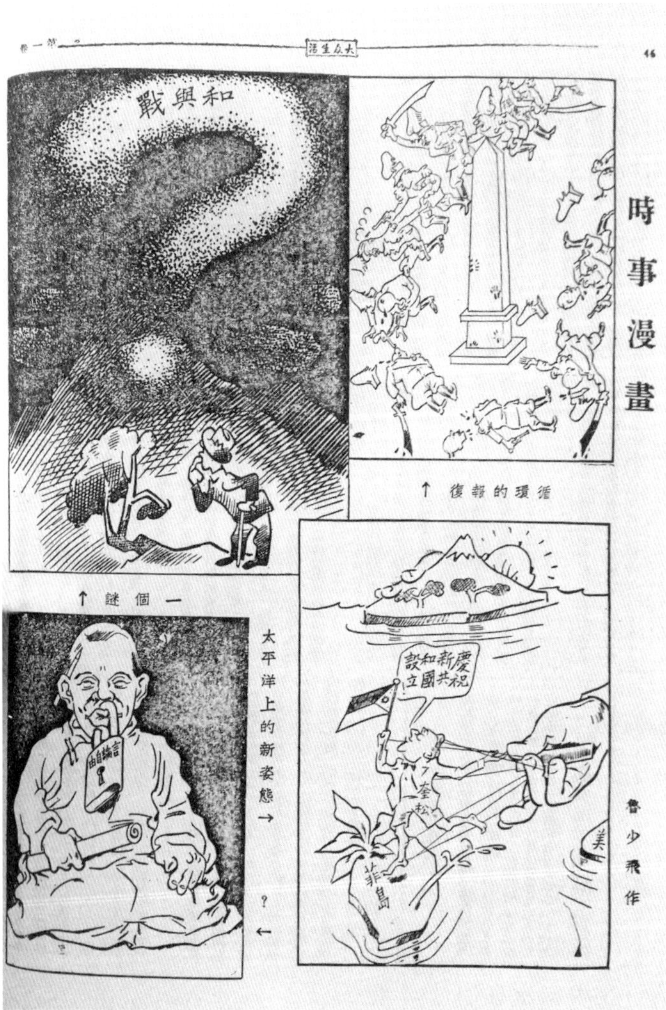

八十六

谨以至诚先在这里向你的明确的答复致谢。

西南异动自陈济棠出走，余汉谋进兵广州后，在表面似乎已告一相去段落，虽是广西的李白还未曾接受中央的任命，不过在这广东已归命中央的今日，硗瘠的广西要是单独的反抗，在事实上自是不可能的。

陈、李以往的行迹，在重重的新闻封锁下，我们虽不能看到他本来的面目，不过陈济棠的贪污和李白的苦干，就一般讲，自有两种不同的影响深留在每个国民的脑间，但是我们决不能单凭过去的错误去抹杀眼前的现实。固然贪污的官吏、自私的军阀，我们原本是极端反对的，可是在抗日的前提下，我们还应当替他们指出一条应走的路——把他吸引到反帝的阵营里来，并且还应进一步的运用民众的力量去感化他们抗日，去推进他们抗日，去促成他们抗日。固然在这次抗日旗帜下的西南异动，不论他们有何种背境，至少可以在抗日的一点上终究可以抓住千百万不愿做奴隶的人们的心，因为无论如何比那些不敢声言抗日的人究要强胜得多。

现在这抗日过程中，偶一的浪花，虽是在某种环境下开始他的幻灭，不过抗日的情绪，却依旧牢生在每个被压迫大众的心田，甚至由于这次事变的刺激更使他发育滋长。所以，我们相信要是今后政府老是这样的屈服容忍，那末，在这“友邦”不断地进攻下，无疑地一定要引起那群不愿做奴隶的人们的愤怒所汇合成的一次大的暴动。

暴动并不是像御用学者们所说的无谓的牺牲，因为继这暴动后的不是迷糊的血肉，而是一幕新的历史的展开。

1936. 7. 25

八十七

谁能否认都市人士是不喜欢新的玩意，不追求着热烈的刺激的，瞧瞧在这热风笼罩了整个宇宙的今日，新兴的游泳池，不正充分地显示出他的景气。

游泳这新兴的玩意，在这疯狂享乐的都市，自不知曾引起了几多人的爱好。虽然这爱好显有个绝端不同的分野，可是竟有好多的绅士却每偏向坏的一方面着想。

从第一次涉足到水里去后，一种特有的力量竟把我紧紧地攫住了，虽然在我学泳的过程中，这进步是非常迟缓的，但我并不曾因进步的迟缓而失却了学习的勇气，且正相反，正因进步的迟缓更促使我积极地去学习，因为学习原本是奔向成功必经的步骤。

失败虽是紧紧地跟随着我，不时来打破我预先的幻想。不过我本着“多行必达”的信念，我终将学习它改进它，最后以抵至成功。

成功的焰火通明地照耀在我们的面前，只要你能努力，无疑地一定可以达到你所抱持的目的。

1936. 8. 1

上海市游泳池開幕禮

Spectators rushed to the Kiang-wan Civic Center to witness the inaugur tion ceremony of the Shanghai's newest pool

合 參加開幕禮之觀衆陸續入場情形
（國際社攝）

Mermen and mermaids at the stand in the coures of the ceremony

合 主席台下之全體游泳表演員
（國際社攝）

八十八

首先，不得不先向你深致歉意的，就是几日来的炎热，竟使我展缓了回复你的来信，在你虽然可以予我以宽恕和原宥，可是我却不得不感到种内心的不安。

从你的来信中，我不得不向你声明，你是错认了人。我不仅不是勤学的、前进的、像你所属望的一样，并且还是慵懒的、腐化的一个小市民的典型，甚至有许多地方，言行方面还显示着绝端的矛盾。在同学几年来这显明的事实，想你定能充分地见到。那末，我对于你非分的称誉，怎能不觉得汗流浃背？

最近我曾在《狱中记》中看到这样的一段话："我们是基督所祝福的人，我们却又是这个基督教的世界所折磨摧残了的人。"不错，近几年我们不也曾听到许多名流学者对于我们职业界青年的期望和推崇。不过他仅是期望和推崇而已，对于我们实际生活的改善却依旧是无用的。因为你我同是现社会里被腹削的人。于是，我不禁想起了这句话来。

不过仅是周围的现实是沉默和黑暗的。可是在这被腹削者群内心所燃烧的烈焰却永是这样的炽热，不管这现代沙皇下的教士官吏是如何紧紧地钳制一切，但是这些心还在跳跃、血还在循环的，被遗忘的一群，却永不肯放弃这历史所赋予的使命。他们要活，他们要继续地活下去，他们不仅要展延他们的生命，并且还要改进他们的生活，在这信念还存在一日，在这目的还未达到的一日，这世界的悲剧将永远展演在地球的一隅。无论如何，那被遗忘的一群，他们终究要在象牙塔底下翻身的。

翻身的日子，虽是那般得虚缈，不过那胜利的旗帜无疑地定已紧握在我们手中。当这世界充满着血腥的一天，也许就是胜利夺到的一天。等着一月后的今天，我们要是不为环境所驱使的话，又将在大陆商场开始我们的握手。

1936. 8. 12

八十九

近二月来，因为每晨都从事于室外运动，所以不得不节下每晚记述的时间来预储作第二天早晨的精力。虽然青年的精力并不是十几小时工作所能消尽的，不过为了补足睡眠起见，于是就在两月前的今天放弃了每晚例行的工作。

天气已滋由溽暑而进入新秋，新的精力也跟秋天一样不住地在我身子里生长。我为欲贯彻我原有的主见起见，重又决定在今晚开始我的工作，要是今后没有什么特殊的变数，我还将像以往一样永远地继续着。

回诉这一月来的变故，更使我切感到有立即回复以往工作的必要，那和平的敌人不正紧捏着屠刀预备作进一步的杀戮。在这空前的动乱的时代下，在这紧张的充满着血腥的气氛中，我将用这杆生津的笔来写出宝贵的生命史的一页。

1936. 9. 26

九十

从在中央时报发表的从军日记，一直到最近才出版的一个女兵的自传(《心》)。作者一贯地维持着她的豪爽的风格，虽然在这短短的十年中四周的环境曾不断地掀起过激烈的变动，新的波浪推动了旧的波浪，新兴的事件淹没了原有的事件，可是对于生的最后的愿望，作者却依旧始终一贯地信仰着。

湖南人具有的坚毅果敢的特长在本书里作者确和一般人一样都具体地苞有着，并且从求学以至于奔逃的一幕幕的叙述中，她的勇往直前的精神和临事果断的毅力都充分地显示出她是个怎样的女性。仅凭那深中封建迷毒的母亲是怎样地迫胁她和这不合理的社会随时随地都满布着虎豹的陷阱想陷害她，但她始终鼓着豪迈的勇气，突破了恶劣的重围去奔向黎明的前程。

黎明在漫漫的长夜中，特别容易引起几多人的企颌，虽是四围窒人的空气正紧紧地隔绝着人们的呼号，但是在这低气压里讨生活的人儿，却一刻不停地正在从事生之改善的斗争。这斗争给人们带来了力，给人们带来了光。在这群众的力的推动下，在这群众的光的普烛中，顿时酝酿成了种不可抗拒的激流，冲动着历史的巨轮的前进。本书中所叙述的一九二六年革命前后的故事不就是很明显的例证。

但时代毕竟是无情的，十年前的往事早已被他抛弃得老远，统治着整个旧世界的霸主经不住剪刀型矛盾的展开的经济破绽的冲刷和这铁般事实的鞭策，纷纷地开始他的扰动。虽是他们竭尽心计地统治着一切，想把“反动”的“叛徒”都埋葬到泥潭里去，可是当这群解决不了衣食的“奴隶”们开始需要“掠夺”的时候，这种资本主御用的手段仍旧是不能获得他预期的成功。

此外，我们觉到作者当时的文句还可以应用到正在转变中的现实来，因为在本书中，好多的话并不像叙述而正像是群众的几声呼号。让我来抄录群众的呼号，来敬献给站在时代前线的斗士。

“她们最迫切的要求只有两个字——革命（广义的革命），她们（不仅是她们）把自己的前途和幸福都寄托在革命的事业上面，谁也知道整个的旧社会不根本推翻，女子（不单是女子）永远也没有得到解放做人的一天。”

1936. 10. 14

九十一

当李滋罗斯爵士返国三月后的今天（十二日），伦敦方面正宣泄出中英达成借款的风传，这风传引起了经济家不断的注视，特别是友邦的绅士们更深刻的顾虑到这协定的后果。

战后经济的敝疲，虽有他内在外线的成因，可是国际间相互的猜忌，实是他最大的要素。1929 年经济恐慌发生后，货币战的白热，关税壁垒的高筑，处处予战后经济以致命的打击，就是日下国际间剑拔弩张的局势又何非经济恐慌所招致。

自成都、上海、汉口“不幸”事件相继发生以来，中日间的交涉顿时走到了最后的高峰。三宅坂的主人们凭藉着这种并不是偶然而是两个民族的仇恨到了极点时的必然发生的事件，展开一幕大陆政策过程中更广泛的侵略，积极地向着我们进攻。

“九·一八”来，中日间的一切早已脱离的外交的常规，虽钢刀毒药下中日外交未来开展的检讨是在双方间，国与国的关系还是微妙的维持着，可是到现在这种不时中断的程度，实已到了非常微薄的境地，“友邦”的绅士们已毫不客气地警告我们已站在中日和战的歧途。一切都听凭着自己最后的处决，就是我国的外交家也已喊出了和平已到最后关头的呼声了。

现在，停顿二十六日的张群和川越的会晤已由侧面不时推进，于十九日重新开始谈话的内容。虽是相约不曾发表，可是由官方的公报上已使我们知道并不曾获得多大的进展，仅凭东京的观察者已深信暂时可免决裂的危机。不过要是我方政府确已放弃了以往苟安妥协的策略或是日方的军部当局依旧一贯武力征华的迷梦，那末，华北明朗化和共同防共的问题仍随时有引起决裂的可能。

外交的决裂并不至于立时会招来军部的敌对，这点在最近中日交涉的过程中特别显示出这种意味的浓厚。固然，那好大喜功的日本海陆军人由于受了荒木贞夫建立特勋的刺激和这年来法西斯的激荡，很想假借着一个题目来建树他海外的功业。可是当我们一检讨到他内在矛盾的对立，却又深信曾在金融资本支配下的现内阁，虽有军部的牵制和强硬，可是还不曾脱离中间型的形态，益以农村经济的雕敝，公债赤字的膨胀，一般生活水平的下降，广大无产者群的呻吟并不曾因特种工业的景气而改善了他们的生活。要是他们一旦对外作战，不仅在出征的军力上要发生问题，并且说不定由于大众课税的加重和通货恶性的膨胀，招致无产者群众的反抗而加速资本主义帝国的覆亡。

同时就军事方面讲，帝国的皇军虽自负为无敌于天下，可是淞沪抗战的结果却又丑态毕露，不仅统帅四易，就是在军民的心理上又暴露出旷古未有的珍闻，这在以大和魂自炫的三宅坂的勇士们恐怕也不能否认这铁般的事实。此外，在侵略东北的整整五年中，皇军的伤亡数字官方虽一向不曾发表，但是从这次太平洋会议帝国御用学者的谈话中却又公开承认至少死亡在十四万人以上，这事实的铁鞭早已打碎了军部当年的幻想，就是大仓财阀策动“九·一八”事变的结果也依然是得不偿失，而不能达到他预测的美满。那末在一切内在外线的不利条件下，军部的强硬恐怕正如坂垣参谋（关东军）所说，恐吓的成分要比军事的发动更来得浓厚吧。

由于以上种种的推测，日本虽似没有对华作战的决心和可能，不过历史的教训却又告诉我们日本内外是二元化的，不论霞关的策士们高唱着“亲善”“提携”的口号，不过少壮军人为主干的驻军却又在好大喜功的主观下毫不放松对华的压迫。这在到了某种限度时所引起战事的可能性实比南京谈判更来得容易。因此，我们觉得日下中日外交的重心并不在紫金山畔的外部官邸，而在冀察军队的集处、上海驻军的跋扈和绥军前线的对峙。

至于中国呢，从成都事件发生以来，所充满的抗日空气更因虹口事件的勃发愈益有形成事实的可能，虽是到目前为止，民众抗日的行动，仍还是在政府重重的高压下。要是日方还是一味地进攻或政府仍是一味地屈服，这蓬勃的民气谁也不敢保证它不是会再来次比成都事件还要严重万倍的暴动。

现在我们站在民众的立场对于政府以往的屈辱虽可加

以相当的原谅，不过，现在无论如何政府实应立即起来领导民众、组织民众和训练民众共同来执行历史所赋予我们的反帝的任务。

“友邦”的外交家已明白地告诉我们，中日间的交涉已到了最后的和战的关头，除了甘做附庸外，一切妥协的政略决不能再搬运到现在来。五全大会和二中全会时负责当局所宣示的外交的高峰低线，现已没有了回旋犹豫的余地，和平到了绝望时期，不惜任何牺牲，现在该是当局实践他诺言的时候了。

牺牲的时候原已到了，在抗日的共同目标下，我们虽不反对利用一切国际间的矛盾来削弱敌方作战的实力，但我们却应极力摆脱掉国际帝国主义的牵掣，让我们乘着敌方的弱小，在全世界前进人士和被压迫大众友谊的援助和同情下，来燃起第一支弱小民族解放运动的烽火。

1936. 10. 21

九十二

外部官邸张群、川越的五次会谈，因华北明朗化和共同防共的未易接近，于五次谈判后顿时又陷入停顿的境地。虽是每次会谈的结果，官方始终不曾发表出报，可是我们由须磨的匆匆返国和蒋委员长的仆仆长途乘机北上，就可以见到目前局势的严重了。

中日会谈的重心，从上海事件发生和绥东告警以来，本已不是燕尾服的绅士们雍雍冲折所能了事。纵凭双方的报道登载着和缓的消息，可是内涵的严重性却并不曾因会谈的次数的增多而减轻，且正相反，由于频次会谈的毫无结果致使中日的交涉愈益逼近了火山的喷发口。

谁都相信中日间四十年来的仇恨，除了日本有明切的反省和自觉外，绝难在血肉的搏斗外别开条解决的蹊径。目下的交涉虽还是微妙地进行着，可是这交涉的进行并不是矛盾的解决，而却是矛盾的积累和延展。

积累的矛盾正和四十年的愤怒一样，终须要解决和发泄的。因此我们对于蒋委员长的北上，不仅希望他预做种军事的部署，并且还切望他在全国一致的情绪立刻来发动次民族解放的战事。

民族解放的战事，几年来我们都一致地企求着，在这空前的斗争中我们不仅要做战事进行中的中坚，并且还将坚毅地奔赴前线来执行我们解放的任务。

1936. 10. 23

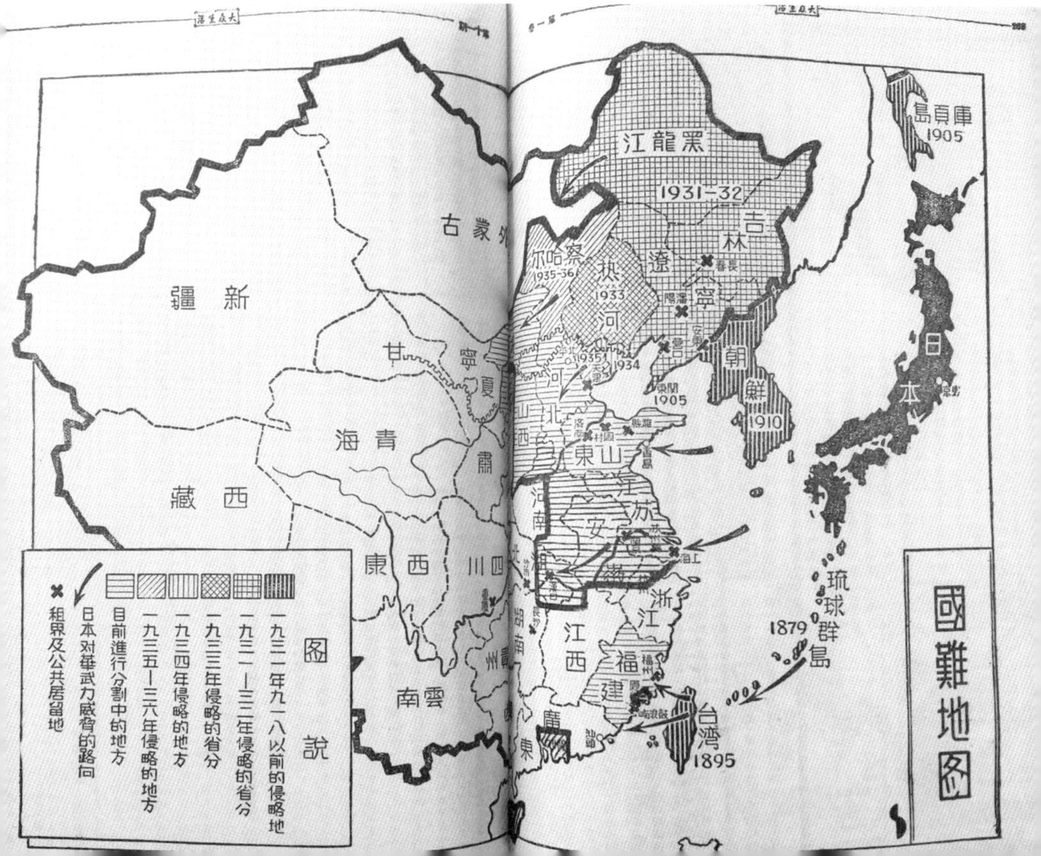

國難統計

一　日本從中國攫取的領土面積

琉球羣島	二、三八六・二九方公里
台灣(澎湖島在內)	三五、九七三・五五方公里
南庫頁島	三六、〇八九・七七方公里
關東州租借地	三、四六二・四五方公里
朝鮮	二二〇、七四〇・七五方公里
東三省	一、一一一、一〇九・〇〇方公里
熱河	一七三、九六〇・〇〇方公里

二　東北三省的富源

(一)東三省所產之大豆，佔全國產額百分之七〇。

(二)遼寧省所產之灰絲，佔全國產額百分之七〇。

(三)東三省之森林面積，佔全國森林面積總額百分之三七。

(四)東北四省馬牛羊三宗，佔中國邊陲四區馬牛羊總數百分之三〇。

(五)遼寧省所產食鹽，佔全國產額百分之一五。

(六)遼寧省鐵礦藏量佔全國總量百分之七十九，產量佔全國百分之三七。

(七)東北四省煤礦藏量，佔全國百分之二，產量佔全國百分之三六。

(八)遼寧省撫順石油藏量約佔全國百分之五二，產量約佔全國百分之九三。

(九)吉黑二省金礦產量約佔全國百分之五〇。

(十)東三省電廠之發電量，佔全國百分之二三。

(十一)東三省鐵道長度約佔全國百分之四十一。

(十二)東三省出口貿易，佔全國百分之三七。

三　日本對東北經濟的控制(對各項產業的投資)

產業別	日本投資所佔百分比	其他各國投資所佔百分比
運輸業	五一・一	四八・九
農礦林業	九二・四	七・六
工業	九〇・四	九・六
商業	七三・八	二六・二
金融	八九・六	一〇・四
其他	九三・六	六・四
總計	七三・二	二六・八

四　華北五省之富源

一、華北五省人口，共計九千萬，約佔全國五分之一。

二、華北五省的小麥，約佔全國總產量百分之二十六以上。

三、華北河北山東山西三省的棉花，約佔全國總產量的百分之四十二以上。

四、華北五省的大麥及雜粮，約佔全國總產量百分之十四。

五、華北五省豆類約佔全國總產量百分之二十。

六、華北五省的胡麻約佔全國總產量百分之四十四。

七、華北五省的花生約佔全國總產量百分之四十三。

八、華北五省之儲煤量約佔全國百分之五十三以上。

九、華北五省的產煤量約佔全國總產量的百分之四十五。

一〇、華北五省的鐵礦儲量約佔全國(東北四省除外)總儲量百分之五十二以上。

一一、河北省的石灰產量，佔全國的第二位。

一二、華北五省的羊毛產地，約佔全國總產額百分之二十五以上。

(上頁地圖如有人採用，須聲明從大众生活轉載)

九十三

在中日关系不绝如缕的现阶段，鄂省主席杨永春他突然被刺，闻这其间的微妙关系，确是值得我们加以多方的检讨。

从以往杨氏从政的一贯主见上，根据好多人的记述都不曾脱离亲日的窠臼。虽然对日观点的不同，在从政上并不是件多大的奇特的事，不过当这“友邦”的利刃已横架在我们项间的当儿，我们觉得对日的妥协已不能再稍止敌人的铁骑，而需要种临死的挣扎来挽救我们目前重危的生命。因此，这次杨氏的遭击，当然不免和外交上发生相当的联系。

杨氏的生死虽然不免和外交关系发生相当的作用，不过我们今日最紧要的事，并不是对于一二人政见不同的发泄，而是在反帝的共同立场来斩断日本帝国主义两面的贪嘴。

1936. 10. 26

九十四

大青山畔猛烈的轰炸声，重又掀起整个民族抑郁太久而亟思迸发的救亡热情，绥边的战士固已义不容辞地奋起来执行他历史的任务，就是全国的不愿做亡国奴的大众也先后响起激烈的吼声，从平津到滇桂，从东南到西北，充满在这整个空间的只是抗敌情绪的高涨。

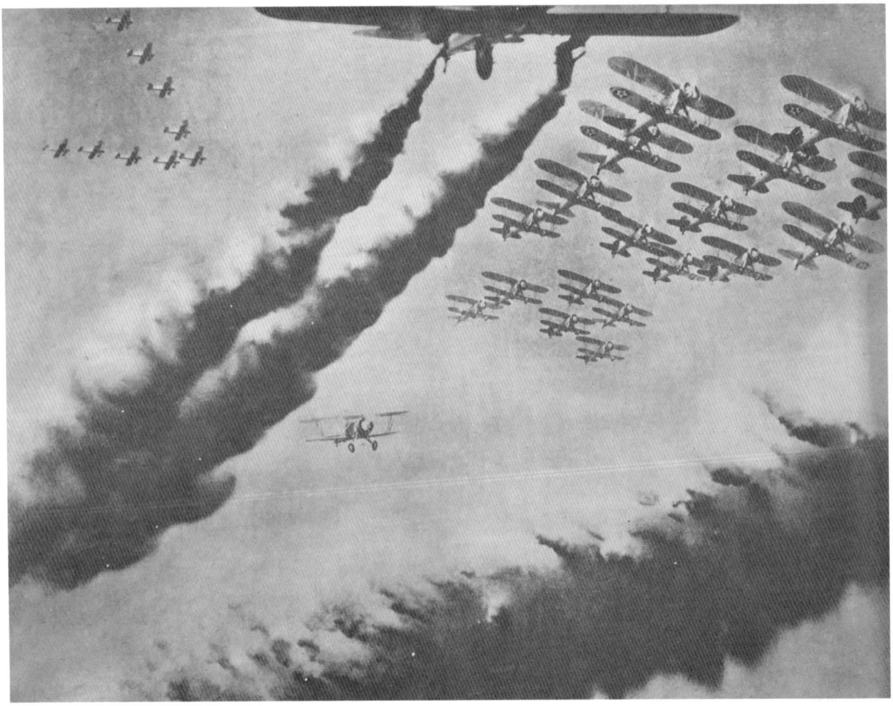

民族的最大敌人的侵凌，除了极少数的神经麻木和汉奸、准汉奸外，谁都认为到了容忍的最后地步。固然，双方的外交使节还正在继续不断地搬演着充满烟幕作用的连台好戏，可是关东军的发言人却又明白表示绥边的匪伪军进犯关东军，关东军是表着绝端的同情，并且还期望他能得到最大的成功。这在高叫着调整邦交的今日，我们对于关东军的态度自不能不认为“怪事”，虽是这怪事的教训对于德王（德穆楚克栋鲁普亲王）所领导的内蒙军表绝对同情并诚虔视其成功。在以往历史的推演下，我们委实是已经受得够了。

但是仅凭修辞上的掩饰来引证“友邦”对于匪伪军的支持，这证据无论如何是不够的。不过敌人侵略的野心并不曾有一分一秒的停止，并且新的事实正跟侵略野心一样也无时无刻不在继续地生长，军火的供给固已到了显明昭著的地步，毒瓦斯的运用在相持不下的局势下仅有唆使鹰犬们利用的可能。同时敌机的施虐更可使我们充分地明瞭绥边的战事已不是单纯的剿匪的问题，而是关系着民族存亡的抗战。

由于我们领空的被袭，听凭着敌机的自由翱翔，于是不禁不使我们怀想到用民脂民膏培养着的中国空军上去。根据许多方的消息以及敌方的有意地扩大的宣传，我们知道中国空军在数量上并不曾在敌方所能出发来侵犯我们飞机机数之下，因为敌方基于防苏防美的二大基点上，不能把国防第一线的全数飞机尽量搬运至我国领空中来，而其可能的最多只有半数以下，甚至可能是三分之一来参与侵略我国的战事。我国的飞机总数量虽然极为缺少，可是在防御的优势上未尝没有一战的可能。

我英勇空軍，飛赴晉北長城線協助陸軍殲敵。（王小亭攝）

Chinese military planes over the Great Wall, to protect our territorial air against enemy aircraft.

GLORIOUS RECORDS OF THE CHINESE AIR FORCE

我國空軍戰績

Chinese bombers out to bomb enemy positions.

飛赴敵軍陣地，執行轟炸的我國空軍機隊

A Chinese pursuit plane as seen from another plane during a formation flight.

翱翔天宇，捍衛我國領空的驅逐機

近年来，在航空救国和祝寿的呼声下，民间所供献的飞机至少已在一百架以上，这人民汗血所累积的结晶谁都切盼能应用到对外方面去。因为任何人都不愿眼看着自己所造成的国防利器来戕贼自己的弟兄，现在要是政府是建筑在民意上的话，该是运用这利器的时候了。

即使退一步讲，在双方悬殊的势力下，无谓的牺牲原是要尽可能避免的。可是根据最近在绥边演出的事实，敌方的空军力量是非常薄弱的，要是我们能够在平地泉或卓资山留驻一二中队的空军，那末敌人的飞机无论如何不敢这样的猖獗，就是进一步地去消灭他，也并不是件完全不能的事。

我们的空军在哪里，疑问自绥战发生后几乎横梗在每个不愿做亡国奴的人们的喉头，这疑问虽或因军略上的关系，终使我们永远成了疑问。不过，我们还是要尽力地去督促政府，尽可能把所能征调的空军悉去驻防在国防第一线上以抵御敌人的任何侵略。因为这不仅是军事当局一己的事，而是每个国民都有切身的关系的事。我们固然切望政府当局来实践"不惜最后牺牲"的诺言，同时更希望空军的将士们能尽速地赶赴前线，在冰天雪地中来和我绝塞苦战中的战士们共同执行救亡的使命。

1936. 11. 12

后记：日记里面写春秋

日记，这种原本极其小众化、私密性的记述文体，因为包含着独特鲜明的个性色彩，毫无掩饰的坦诚记录，真实呈现的事实描述，向来在历史研究和文学研究领域起着非同一般的作用。

日记是对记述者生活状况、思想动态、情绪波动的完整呈现，是一个人在卸掉白天所有伪装和面具后，面对自己内心世界的真实独白，它或许是一位感性女子在花前月下委婉地低吟浅唱，或许是一名率真男子在孤寂冷夜深情的倾诉宣泄，不经意间，记述者的生活轨迹、情感世界便跃然纸上，珍藏于最忠实的日记本中。这些日记之后那怕落于毫无关系的陌生人手中，只要认真阅读分析，记述者的大致情态便可以揣测出几分。

因为人还具有社会属性，日记当然也不可避免的反映了记述者同时代的社会万象、世情风貌。只要是能够坚持写日记的人，他（她）至少会在社会上或家庭中担任着一定的角色，即使他（她）的性格再孤僻、再冷漠，也总会或大或小有着自己的社会活动和人事交往圈子。作为一个有心记录日记的人，他（她）在各类社会活动中的所感、所想、所得多多少少会流露到日记中，这样以小众视野和角度观察世界、感悟社会的方式，有着极其独特的视角，后来者透过日记研究历史、解读社会，或许能获得官方文字记载之外更为意外的收获。

写好日记，需要文字功底的历练和执着毅力的磨练。我一直认为，每位坚持写日记的人无论男女老少，必然都是性格坚韧、学养渊深、心思缜密、情感丰富的有心之人。他们是令人钦佩和敬服的，正因如此，近年来，我将日记又纳入了自己的收藏范围，每当将一本本纸质虽已泛黄，文字却依旧炽烈的日记捧入手中，在反复品读和赏鉴中，自己仿佛可以穿越时空，与一个个多情善感的记述人当面交流，那种心与心对话的感觉让人陶醉。而我对几本形成于战争年代的红色日记情有独钟，则是因为这些日记寄托了我内心却之不去的红色情结。

我的红色情结缘于父亲的影响和教诲，我的父亲是抗美援朝老战士，小时候，父亲的光荣战争经历令我崇拜，父亲对革命史料和书画艺术品的收藏爱好也使我颇受教益。长期的耳濡目染，使我在青年时代起就沉迷于收藏不能自拔。开始的时候，我的收藏也很繁杂，后来逐步偏重于书画作品，对红色藏品的热爱，则完全是因为我对中国革命史的向往和对中国老一代革命家的景仰。

在机缘巧合的情况下得到《淞沪抗战日记》后，我如获至宝。日记字迹俊逸、文法流畅、语句优美，更打动人的是日记字字句句流露出的忧国忧民情怀。日记的记录时间是从 1936 年 1 月 28 日到 1936 年 10 月 30 日，正是中国乌云密布、命运多舛时期，日军强占东北，虎视中原，当时有志有识的中国人目睹日本人的鬼蜮伎俩，无不为国家、为自己的前途命运忧虑担心，爱国之情、愤慨之心、抗争之意交织于心，这些情感正是这本日记的主基调。出于对这本日记的强烈热爱，我不仅反复研读，而且全文抄录，每当抚读这一篇篇满怀感情的记述和评论之时，我的脑海中总会浮现出一位长相清俊、风度儒雅的年青学子形象，他炯炯的目光穿过厚重的历史之墙，坚定地望向未来……

我可以断定，这样一位有着如此深厚民族情怀的，品格优秀、情操高尚的人，无论身逢乱世的他寿数几何，必定经历过波澜壮阔、卓而不凡的人生。而在潜意识中，我更希望日记的主人能够挺过艰难时刻，在和平之光的照耀下愉快工作、平安生活。到如今，期颐之年的他依旧身强体健，精神矍铄。或许，随着日记的出版，他还会现身，我们或许可以见到这位充满传奇色彩的老人，那对我们将是何其幸运之事啊。最近，随着诸多抗战宣传片的播出，我经常看到百岁上下的抗战亲历者依旧思路敏捷、语言清晰地讲述历史，于是，这种愿望在我心中愈发强烈，使我更加满怀虔诚的期待着这一天的来临……

秦利生

2015. 8

图书在版编目（CIP）数据

自由日记：1936 / K.S.Fong著 . -- 太原 ：三晋出版社，2015.8

ISBN 978-7-5457-1212-4

Ⅰ. ①自… Ⅱ. ①K… Ⅲ. ①日记—作品集—中国—现代 Ⅳ. ①I266.5

中国版本图书馆CIP数据核字（2015）第217178号

自由日记：1936

著　　者：K.S.Fong

责任编辑：张　婷

责任印制：李佳音

出 版 者：山西出版传媒集团 · 三晋出版社（原山西古籍出版社）

地　　址：太原市建设南路21号

邮　　编：030012

电　　话：0351-4922268（发行中心）

0351-4956036（综合办）

0351-4922203（印制部）

E-mail ：sj@sxpmg.com

网　　址：http://www.sjcbs.cn

经 销 者：新华书店

承 印 者：山西臣功印刷包装有限公司

开　　本：700mm × 1000mm　1/16

印　　张：14.5

字　　数：110千字

版　　次：2015年9月 第1版

印　　次：2015年9月 第1次印刷

书　　号：ISBN 978-7-5457-1212-4

定　　价：32.00元